KB189395

인생은 엇나가야 제맛

인생은 엇나가야 제맛

서귤 지음

RHK
알에이치코리아

미지와의 조우

최초의 접촉은 20살, 자취방에서였다. 머리맡에 둔 책이 감쪽같이 사라졌다. 도둑이 들었다고 하기에는 값나가는 노트북이나 프린터가 멀쩡했고 변태의 소행으로 보기에는 속옷도 스타킹도 그대로였다. 나는 책이 놓여 있던 베개 옆에 블랙홀이 발생했다는 결론을 내렸다.

기묘한 일은 계속해서 생겨났다. 막걸리와 양주를 섞어 마시자 하루가 사라졌고, 엠티를 갔다 왔을 뿐인데 나 빼고 모든 동기들이 커플이 되었다. 현기증이 날 만큼 공부했지만 장학금을 받을 수 없었고, 내가 사랑하는 사람이 나를 사랑하지 않았으며, 언제나 아기인 줄 알았던 고양이가 할머니가 되어 세상을 떠났다. 설명할 수 없고 납득하기 싫은 인생의 어깃장과 마주칠 때마다 나는 생각했다. 이건 정말이지, 너무 미스터리해!

셜록 홈즈도, 푸아로 경감이나 미스 마플도, 멀더와 스컬리 혹은 코난과 김전일도 고개를 절레절레 저을 수밖에 없는 인생의 미스터리들. 비록 지금은 영락없는 수수께끼지만 후세의 사람들이 진상을 명명백백 밝혀주기를 바라며 여기에 그 미스터리의 낱낱을 자세히 기록한다.

2021년, 서울

차례

3장. 유비무환이 해피엔딩

4장. 지구 정복의 그날까지

1장

이율배반의
운명

01

소개팅이 잡히면
뾰루지가 난다

아흔을 넘기시고도 정정하신 우리 할아버지의 취미는 드라마 시청이다. 주로 케이블 채널에서 재방송해 주는 명작 사극을 즐겨 보시는데 단골 레퍼토리는 〈대조영〉, 〈이산〉, 〈불멸의 이순신〉, 그리고 〈허준〉이다.

99년 말에 방영되고 최고 시청률이 60퍼센트가 넘었던 인기 드라마 〈허준〉에는 '홍춘'이라는 똑 부러진 의녀가 등장하는데, 그녀는 어느 날부터 정체를 알 수 없는 열병에 시달린다. 허준이 밝힌 병의 정체는 남자의 양기가 부족한 여자들이 걸린다는 '실려병'이었다. 할아버지 옆에 앉아서 최대 볼륨으로 세팅되어 있는 TV로 이 장면을 시청하면서 문득 궁금해졌다. 정말 그런 병도 있을까?

"남자를 안 만나서 그래. 남자를 만나면 좋아져."

'만족스러운 밤을 보낸 다음 날에는 피부에서 윤기가 흐른다.' 이런 유의 문장은 섹스에 대해 당당히 말하지 않으면 쿨하지 못한 거라는 강박관념이 시대를 풍미했던 2000년대 초반, 어느 패션 잡지에서만 볼 수 있는 줄 알았다. 이걸 내 엄마에게서 들을 줄이야. 옆에서 딸이 어이가 없어서 눈과 입을 딱 벌리고 있든 말든 엄마는 또 아무렇지도 않게 말했다.

"결혼을 하면 다 해결돼."

나는 분명 내 얼굴에 찾아온 환절기맞이 아토피피부염과 단체 뾰루지의 난에 대해서 속상한 마음을 털어놓았던 것뿐인데 왜 이렇게 됐을까. 결국 소개팅에 나가겠다고 어거지로 약속을 하고 탈탈 털린 얼굴로 집에 돌아왔다.

사실 과학적으로 근거가 아주 없지는 않다. 사랑을 하면 분비된다는 옥시토신 호르몬은 스트레스 호르몬을 감소시켜 피부 트러블 관리에 도움을 주고, 섹스를 할 때 나오는 노화

방지 호르몬(DHEA)은 피부의 재생속도를 높인다고 한다. 그렇다면 피부를 생각해서라도 눈앞의 이 남자를 사랑하고 그와 섹스를 해야겠군!

"서귤 씨는 글 쓰신다고요."

"네. 그림도 그리고 만화도 그려요. 혹시 만화 보세요? 웹툰이나……."

"만화는 학교 다닐 때 조금 보고 지금은 거의……."

"아, 그렇군요. 하하."

"하하."

"하하."

"세무에 대해 좀 아세요?"

웃을 때마다 아침에 화장실에서 터트린 코 옆의 뾰루지가 찌릿찌릿했다. 예의상 1시간은 버텨야 한다. 만난 지 40분이 넘어가고 조금씩 뜯어 먹던 스콘도 바닥을 드러내자 테이블 위로 정적이 감돌았다. 이 남자는 나쁜 사람이 아니다. 어쩌면 굉장히 좋은 사람일지도 모른다. 다만 이 사람과 무엇도 하고 싶지 않을 뿐이다. 나는 지친 농사꾼. 서귤이라는 한 사람을 키우기도 힘에 부쳐서 이 좁은 밭뙈기에 다른 작물을 들일 여력이 없네.

그러고 보니 사랑의 호르몬인 옥시토신은 연애를 할 때도 만들어지지만 반려동물의 털을 쓰다듬을 때도 나온다. 우리 집에는 고양이가 있다. 〈허준〉의 홍춘이에게 필요한 것은 남편이 아니라 혼자서도 사용할 수 있는 성인용품이었을지도 모른다. 우리 집에는 바이브레이터와 딜ㄷ…… 이하 생략.

호르몬에 지배되는 게 인생이라면 편법과 단축키를 사용해서라도 그 안에서 최대한의 자율성을 확보해 나가는 것도 인생이 아닐까. 조울증 때문에 각종 호르몬 약을 매일같이 퍼먹는 인공 호르몬 의존자 서 모 씨가 마지막 남은 스콘 조각을 포크로 조지며 생각했다.

우리는 만난 지 57분 만에 예의 바르게 인사를 하고 헤어졌다. 집으로 돌아가 고양이를 만지고 뽀뽀하고 배 방귀를 뀌다가 솜방망이로 얻어맞을 생각에 지하철로 향하는 걸음이 빨라졌다. 그리고 침대 밑 서랍에 넣어 둔 바이브레이터와 딜ㄷ…… 히히히.

나는 평생 이렇게 살지도 모른다. 혼자서 약을 먹고 고양이를 돌보며 가끔 상스러운 전자기기를 쓰면서. 나쁘지 않네? 그럭저럭 좋은 인생을 살 수 있을 것 같다.

피지 난쟁이

인간의 피지선 속에 살고 있다고 전해지는 전설 속의 난쟁이. 지역마다 구체적인 묘사는 다르지만 공통적으로 물 풍선과 흡사한 비정형적 외형에 짧은 팔다리를 갖고 있다. 피지 난쟁이가 인간 본체에게 불만을 가지고 몸을 부풀리면 인간의 모공이 막히면서 부어오르는데 이것이 바로 뾰루지다.

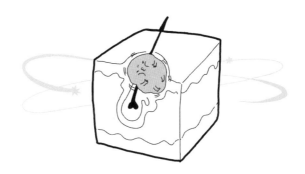

성인용품을 사면서 택배 때문에 창피를 당하는
에피소드는 상당히 고전적인 밈이다

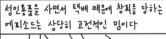

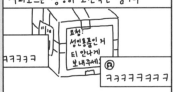

컴퓨터나 책장에 감춰 둔 19금 콘텐츠 때문에
죽는 게 두렵다는 농담도 일종의 밈이다

꿀꿀따리 @seo_gyul0529
#미리_유언장을_써_보자
외장하드는 제발 불태워 주세요

나로 말할 것 같으면

이틀 뒤

별로 상관없다

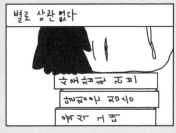

왠지 실망

엄마, 아빠 왜 이러고 주무셔요?

너네 집에 맞는 베개가 없대

재밌는 걸로 고르셨네

02

오줌이 마려우면
차가 막힌다

동료 작가인 구달은 사랑스러운 닥스훈트 '빌보'를 키우는 언어의 재간둥이다. 어느 날 함께 노닥거리며 시간을 보내던 중에 그녀가 자리에서 일어나더니 말했다.

"저 화장실 좀 다녀올게요."

너무 자주 가는 게 민망했는지 뒷머리를 긁적이며 덧붙이기를.

"제가 방광이 소(小)자라……."

방광이 소자라니, 소자라니! 정말이지 엉뚱하면서도 재치 있는 표현이라고 감탄하며 나도 꼭 써먹어 봐야지 다짐했다.

부모님이 먼 곳에 살고 계셔서 종종 고속버스를 타고 오간다. 그날은 부모님 댁에서 주말을 보내고 집으로 향하는 일요일이었다. 평소에는 3시간 반 남짓이면 도착하는데 차가 많이 막혀서 5시간째 도로에 갇혀 있었다. 그리고 나는 매우, 매우 급했다.

아이스 아메리카노를 원샷하고 얼음까지 와작와작 씹어 먹은 후에 엄마가 싸 준 포도 한 송이를 다 먹고도 퍼 자느라 휴게소 화장실에 들르지 않았던 것이 원인이었을까. 방광이 가득 차 아랫배가 묵직했고 쿡쿡 쑤시는 느낌마저 들었다. 배뇨근, 요도괄약근 등 회음부 주변의 아는 근육 이름을 모조리 되뇌며 힘을 주고 요의를 눌렀다. 머릿속이 오줌, 오줌, 오줌으로 가득 차서 아무 생각도 들지 않았다.

서울에 가까워질수록 길이 더 막히기 시작했다. 버스는 가다 서다를 반복했고 브레이크가 걸릴 때마다 몸이 앞으로 살짝 기울어지며 아랫배가 눌렸다. 그때마다 관자놀이께에 전기가 찌릿찌릿 통하는 기분이 들었다. 식은땀 한 방울이 뺨을 지나 턱으로 떨어졌다.

싼다, 이러다 싸 버린다!

위기를 직감하고 내가 처음 한 일은 허겁지겁 가방을 뒤져 잠옷으로 챙겨 온 면 티셔츠를 꺼내는 일이었다. 그리고 몸을 구긴 채 엉금엉금 맨 뒤쪽 자리로 이동했다. 다행히 버스에는 승객이 적은 편이었다. 뒤편 세 줄에는 아예 사람이 없었다. 나는 몰래 바지 버클을 열었다. 버스에서 이러고 있다는 수치심보다 오줌을 싸서는 안 된다는 공포감이 더 컸다.

열린 바지 지퍼 사이로 티셔츠를 구겨 넣어 팬티 아래에 넣고 억지로 다시 잠갔다. 일종의 임시 기저귀였다. 실금이라는 최악의 상황이 닥칠 때 바지와 시트의 피해를 최소화하기 위한 방편이었다. 식은땀이 이마에서 눈썹을 타고 똑, 떨어져 콧방울을 때렸으나 닦을 정신이 없었다. 이대로 싸지 않고 터미널까지만 간다면 정말 남은 생애를 인류와 세계에 감사하며 살아갈 수 있을 것만 같았다.

일분일초가 1시간처럼 느껴지던 시간이 지났다. 드디어 버스가 터미널에 도착했다. 가방을 대충 어깨에 꿰고 튀어 나갔다. 밀어 넣은 티셔츠 때문에 바짓가랑이가 두둑해진 상태로 어기적어기적 화장실로 걸었다. 뛸 수는 없었다. 혹여 샐까 봐. 줄 서 있는 분들에게 양해를 구하고 서둘러 칸 안으로 들어갔다. 드디어 찾아온 분출의 순간, 이 모든 고통이 끝났다는 안도감과 시원한 만족감에 눈물이 찔끔 날 것 같았다. 한 단어로 표현하자면 그것은 희열이었다. 기쁨이었다. 행복이었다. 광명이었다. 인간으로서의 자존감을 지켜 낸 스스로에게 감동 비스무레한 마음까지 들었다.

화장실에서 나온 후 썸남과 눈이 마주치기 전까지는 그런 기분이었다는 거다.

오줌 위기가 닥치기 전이었던 불과 2시간 전까지 카톡을 주고받았던 이 썸남은 몰래 나를 마중 나오는 걸로 내게 감동을 선사할 계획이었던 모양이다. 그가 앉아 있던 곳은 버스 도착 플랫폼 바로 앞 벤치였다. 내가 고장 난 로봇처럼 끼긱거리며 결연한 얼굴로 화장실로 돌진하는 걸 다 봤다는 소리였다. 그가 어색하게 웃었다. 나도 함께 웃었다.

"제가 방광이 소(小)자라……."

구달 작가가 말했을 때는 세상 재치 있게 들리던 그 말이 조금도 재미있지가 않았다.

"오줌이 마려우면 꼭 차가 막힌다니까요. 제 방광이랑 교통 시스템이 블루투스로 연결되어 있나 봐요."

헛소리에는 관성의 법칙이 적용되는 모양이다. 한번 풀린 입은 등속직선운동을 하며 나불거리기 시작했고 썸남은 나에게서 60센티미터 정도의 거리를 지속적으로 유지했다.

"하하하."

"하하하."

미스터리 파일 #02

방광 설화

대한민국 전역에서 전해 내려오는 방광의 기원과 관련된 설화. 옛날 옛적에 인간의 방광은 지금과 달리 무한히 늘어났다고 한다. 원한다면 한 달이고 일 년이고 참을 수 있어서 모두가 자유로운 소변 생활을 누리던 태평성대였다.

그러던 어느 날 이웃 간의 사소한 다툼이 씨가 되어 앙심을 품은 윗마을 사람들이 오줌을 모았다가 다 같이 쉬를 놓았다. 세찬 오줌 줄기가 지붕을 부쉈고 늘어난 물살로 홍수가 발생해 아랫마을 사람들이 큰 곤경에 처했다.

이를 지켜보던 하늘님이 크게 노하여 누구도 오줌으로 남을 괴

롭힐 수 없도록 모든 인간의 방광 크기를 자그맣게 줄여 버렸고

이는 현재까지 계속 이어지고 있다.

수해 감시 체제

오줌 유발 체제

삼겹살을
배 터지게 먹고도
마카롱이 더 들어간다

　　고전적 해석 이론에서는 텍스트 속에 저자의 의도가 내포되어 있다고 간주한다. 국어 시험에 종종 나오던 '~속에 내재된 저자의 의도는 무엇인가?' 같은 문제가 이러한 전제를 공유하고 있다. 하지만 포스트모더니즘의 시대로 오면서 해석이론은 변화를 겪는다. 저자의 고정된 의도는 존재하지 않으며, 텍스트는 독해하는 사람의 수만큼 서로 다른 의미를 가질 수 있다는 것이다.

"그러니까 저 1인분이라는 텍스트를 판매자의 관점에서 해석하면 안 된다고. 1인분은 먹는 사람의 수만큼 서로 다른 의미를 가질 수 있어. 솔직히 내가 먹은 만큼이 곧 1인분 아니냐?"

"파절이 파절이~ 신나는 노래~ 우리 한번 불러 보자~"

"살사 무대의상은 왜 이렇게 비쌀까? 20만 원이 넘어. 딱 하루 입는데 너무한 거 아니냐? 그래서 타오바오에서 비슷한 거 7만 원짜리로 찾았는데 나 혼자 이걸로 사면 좀 그러냐?"

삼겹살을 구우며 집단 독백을 하고 있는 우리는 만난 지 23년 된 친구 사이다. 같은 중고등학교를 나온 뒤 동시에 고향을 떠나 서울 어딘가에 정착한 덕분에 우리의 질긴 인연은 지금까지 이어지고 있다.

20년 지기라고 해서 특별한 것은 없다. 우리는 심지어 서로를 싫어하기까지 한다. 나는 A의 무책임하고 우유부단한 점을 이해할 수가 없고 A는 B의 고집스러움과 지나치게 꼼꼼한 면에 숨이 막히고 B는 나의 잘난 척하는 성격과 재수 없는 말투가 못마땅하다. '마음 넓은 내가 한심한 너와 놀아 주는 거'라고 각자가 생각한다.

"돼지고기 바싹 익혀 먹으라고 하는 이유가 돼지에 사는 기생충 때문이거든. 근데 이게 우리나라에서 90년대 이후로 돼지에서 박멸됐대. 그러니까 그렇게까지 많이 굽지 않아도 된다고. 나 저번에 스페인에서 이베리코 흑돼지 스테이크 시키니까 미디엄 레어로 나오더라."

"주라 주라 주라 주라~ 마늘 좀 주라."

"이번 주말에 선 보기로 한 남자한테서 연락이 왔는데 첫 마디가 뭐였는지 알아? '똑똑똑. 계세요?' 어디서 단체로 누가 더 구린 멘트 치나 실습하고 온다니?"

삼겹살 4인분과 항정살 3인분, 대패삼겹살 5인분을 해치운 뒤 우리는 아이스크림 가게로 향했다. '초코나무 숲', '레인보우 샤베트', '사랑에 빠진 딸기'. 이렇게 3가지 맛을 파인트 통에 포장하고 편의점에서 맥주와 소주를 사서 가까운 A의 집으로 향하는데 새로 오픈한 마카롱 가게가 눈에 들어왔다. 쪼르르 들어가 기웃거리니 마감 30분 전이라 할인해 주신다기에 15개들이 한 박스를 샀다.

"디저트 배는 따로 있다는 말이 있잖아. 그거 진짜인 거 알아? 어디 방송에 나왔거든. 꽉 찬 위장을 촬영했는데, 뭔가를 먹고 싶다고 생각하니까 위장이 움직이면서 자리를 만들더라. 뇌가 섭식중추를 자극해서 위를 조종하는 거야."

"마시멜로! 마시멜로! 달콤해서 너무 좋아!"

"이번 주 왜 이렇게 기냐? 진짜 인간적으로 시간 너무 안 간다. 내일 목요일이냐? 금요일 아니고? 출근 빼킹 죽여 버려."

봄이라고 하기엔 덥고 여름이라고 하기엔 시원한 밤이었다. 배달 대행 오토바이들이 줄지어 서 있는 좁은 골목길을 가로지르며 우리는 저마다 듣는 이 없는 헛소리를 성의껏 지껄였다. 길고양이를 보고 따라가다가 B가 발을 헛딛어 넘어질 뻔했고 A가 그 동작을 다섯 번쯤 따라하다가 분노의 어깨빵을 당했고 나는 웃다가 아이스크림 봉투에 침을 흘렸다. 실로 바보들의 행진이었다.

누가 뭐래도 내 학창 시절은 끔찍했다. 이 이상한 애들이 없었으면 살아남지 못했을 것이다. 나는 A의 욱하는 성질머리와 계획성 없는 태도가 참기 어렵고 A는 B의 융통성 없는 성격과 빡빡함에 치가 떨리고 B는 나의 눈치 없고 이기적인 행동이 지겹다. 우리는 서로를 싫어하고 옆에 있어 준다.

위 삼각지대

섭취한 음식물이 자주 실종된다고 전해지는 곳. 위의 '하부 식도 괄약부–위체부–유문 괄약부'를 잇는 삼각지대는 세계 7대 미스터리 중의 하나다. 5차원 웜홀설, 외계인 UFO설, 거대 회충설, 걸신 빙의설까지 다양한 음모론이 일었으나 통상적으로는 그저 위장 운동이 매우 활발한 탓으로 치부되었다.

그러나 2012년, 위장의 배부름 신호를 뇌에 전달할 수 없도록 방해하는 신경영양인자의 존재가 발견되면서 이 미스터리가 유전자에 의한 음모라는 사실이 밝혀졌다.

04

버스가 항상
눈앞에서 떠난다

추정컨대 대한민국을 돌고 있는 버스 중 몇몇 종류에는 독특하게 프로그래밍된 인공지능이 탑재된 것으로 보인다. 버스를 타러 가는 도중에 내가 타려는 버스가 항상 코앞에서 지나쳐 가는 이 현상은, 인공지능이라는 가능성을 배제하고는 극히 설명하기가 어렵다. 인공지능이 교통 시스템과 신호 알고리즘, 유동 인구와 정체 정도, 예상 탑승자의 동선과 도보 속도, 바람의 저항과 물체의 가속도, 지구의 중력과 우주의

팽창 속도를 종합적으로 학습하여 만들어 낸 복장 터지는 타이밍이 아닐 수 없다. 이제부터 이 인공지능을 '특수 약 올리기 교통 시스템', 줄여서 TYK 시스템으로 명명하기로 한다.(35쪽, 미스터리 파일 #04 참조)

이 TYK 버스를 유독 자주 마주친 기간이 있었다. 경기도 성남시에 살았던 8개월간이었다. 직장이 서울이라 아침에는 회사 셔틀버스, 저녁에는 수도권 광역버스로 통근을 하던 때였다. 퇴근길에 주 2회 꼴로 코앞에서 버스를 놓쳤다. 배차 간격은 40분이었다. 정류장 의자에 멍청히 앉아 다음 버스를 기다리다 보면 해가 순식간에 사라지고 주변이 어두워지곤 했다.

당시 경기도 성남시에는 오빠의 전셋집이 있었다. 나는 고양이 2마리를 데리고 남는 방 하나를 빌려 신세를 지던 중이었다. 회사 주변 내 자취방은 비워 둔 채로. 안 좋은 일이 있었기 때문이다. 이어폰을 낀 채 집으로 들어가던 내 뒤로 웬 괴한이 따라붙었던 것이다. 미수로 그친 것이 천만다행이었다. 육체적 피해를 입지는 않았지만 정신적 충격을 크게 받고 급히 거처를 옮겼다. 그리고 한 달 남짓 시간이 지났던가. 그 무렵의 나는 밤길에 지나가는 고양이의 기척에도 무서워 벌

벌 떠는 최상급의 유리 멘탈 상태였다.

어김없이 눈앞에서 버스를 놓치고 정류장에 몸을 구기고 앉아 있던 그날은 비가 내렸다. 안 그래도 흐렸던 하늘은 삽시간에 깜깜해졌고 러시아워를 넘기자 오가는 사람도 줄어들었다. 그 사건 이후로 나는 무서워서 귀에 이어폰을 꽂을 수가 없었다. 쏟아지는 빗소리를 온몸으로 들으며 힘껏 신경을 곤두세운 채 어두운 도로를 노려봤다. 비가 거세지자 도로는 더욱 검고 무겁게 가라앉았다. 다리가 덜덜 떨리기 시작했다. 한참 동안 어깨를 옹송그린 채로 바들거리고 있노라니 멀리서 뿌연 빛을 뿜으며 달려오는 버스가 보였다.

응원단처럼 팔을 휘둘러 버스를 잡은 뒤 호다닥 올라타서 내가 제일 먼저 한 일은 자리를 스캔하는 것이었다. 되도록 앞쪽이고 옆에 여자가 앉아 있으면 좋았다. 당시 여자가 상대적으로 안전하게 느껴졌고, 갑자기 어떤 누군가에게 칼로 찔리거나 목이 졸리거나 두들겨 맞아 정신을 잃더라도 다른 승객이나 기사님이 나를 일찍 발견하려면 앞쪽이어야 했다. 그무렵의 나는 그랬다. 언제든 누군가 나를 쫓아와 죽이거나 강간할지 모른다는 공포에 사로잡혀 있었다.

비가 퍼붓듯 쏟아지기 시작했다. 와이퍼의 속도가 빨라졌다. 창밖의 풍경을 거의 분간할 수 없는 수준이었다. 그때 나는 홀연히 어떤 예감에 사로잡혔다. 내가 내릴 버스 정류장은 대단지 아파트의 후문 쪽, 인적이 드문 곳이었다. 가장 가까운 아파트 동과는 담장을 끼고 5분 정도 걸어가야 하는 거리였다. 아, 오늘이구나. 나는 오늘에야말로 살해당할 것이다. 아무도 없는 길에서 죽임을 당하고 모든 증거는 빗물에 씻겨 지워질 것이다. 범인은 유유히 웃으며 사라지고, 감겨 주는 이 없어 부릅뜬 내 시퍼런 눈동자에는 눈물 대신 더러운 빗방울만 가득 찰 것이다. 비참하고 초라한 죽음이다. 그 확신을 부추기듯 버스 천장을 때리는 빗줄기 소리가 더욱 커졌다. 누군가가 양쪽 귀를 꽉 누르고 놔주지 않는 것처럼 머릿속이 먹먹해져 갔다.

[언제 오니? 비 많이 오는데 내가 정류장으로 마중 나갈까?]

급기야 숨이 가빠지며 심장 부근이 아파 오던 차에 스마트폰 화면 위로 메시지 하나가 떠올랐다. 오빠로부터 온 연락이었다.

어릴 적 나는 밥상의 계란프라이에서부터 장난감, 자전거,

키와 몸무게, 엄마 아빠의 사랑에 이르기까지 모든 면에서 오빠를 이겨 먹으려고 끔찍할 정도로 악다구니를 쓰는 동생이었다. 사춘기 이전에는, 포크나 식칼을 던지며 싸웠고 커서는 서로를 없는 사람이라 여겼다. 이번에 오빠가 흔쾌히 자기 방 하나를 내어 준 것도 분명 모종의 찝찝함 때문이었을 거다. 사건이 일어난 자취방이, 예전에 본인이 살다가 계약 기간이 남아 나에게 넘긴 매물이었으니까.

오빠가 보낸 메시지를 가만히 노려보았다. 곧 시야가 눈물로 뿌옇게 흐려져서 화면이 잘 보이지 않았다. 그렇게 버스에서 한참 울었다. 정류장에 내리니 늘어난 회색 티셔츠를 입은 오빠가 퍼붓는 빗속에서 검은 우산을 든 채 서 있었다. 숨 막히게 어색한 침묵 속에서 우리는 걸었다. 오빠가 싫고 거북했고 또 구원자 같았다. 지금까지 나는 단지 가족이라는 이유로 잘 맞지 않는 사람을 받아들이고 관계를 유지하는 게 불합리하다고 생각했다. 그러다가 이렇게 궁지에 몰리자 단지 가족이라는 이유로 잘 맞지 않는 사람에게 필사적으로 손을 내밀었다. 살기 위해 매달렸다. 이런 모순적인 스스로가 불편하면서도 오늘 죽지 않았다는 사실에 마음이 놓여서 이상하게 토할 것 같은 기분이었다. "싫다"라고 중얼거렸다. 무엇이 싫은

지도 모르고 "진짜 싫다"라고 말했다. 빗소리에 묻혀 나에게 조차 들리지 않는 목소리였다.

특수 약 올리기 교통 시스템(TYK 시스템)

1992년 오픈소스로 공개된 소프트웨어로, 대중교통이 탑승 예정자의 코앞에서 스쳐 지나가도록 설계된 알고리즘을 골자로 한다.

초기에는 제한적인 교통 환경에서만 적용되던 기술이었으나 GPS 및 4G 네트워크 속도 향상에 힘입어 세계 주요 대도시로 확산되었다. 향후 이 기술은 자율주행차가 상용화될 경우 탑승 예정자들을 더욱 열받게 하는 고도의 지능형 소프트웨어로 발전하리라 예상한다.

최초 개발자들이 미국 MIT 출신이라는 것 외에는 자세한 개발 동기나 자금 출처가 밝혀지지 않았으며, 어째서 인간의 화를 돋구는 안티-휴머니즘적 소프트웨어가 대중교통 시스템에 적용되었는지에 대해서도 미지에 싸여 있다.

다만 핵심 개발자로 추정되는 마크 터틀맨 박사가 영국 KBS와의 인터뷰에서 '쉽게만 살아가면 재미없어 빙고'라고 언급한 바가 있어 그 의도를 추정할 뿐이다.

오빠와 사이좋던 시절도 있었다. 당시는 바야흐로 RPG PC게임의 전성기

드디어 내가 플레이할 차례가 됐다

치트키를 쓸 땐 능력치를 조금씩만 올려. 너무 많이 올리지 말고

오빠

한 대뿐인 PC

으악 또 졌네

오빠

왜 그래야 되는데?

이왕 할 거면 능력치 최강으로 찍자!

꼭 짱이 될 거야

꼭 짱이 돼서 다 패고 다닐 거야

어쩔 수 없네

뭐하는 거야?

치트키라고 하는 건데

너무나 쉽게 이겼다. 엔딩을 봐도 놀라우리만치 즐겁지 않았다

하하

호호

WIN

이 명령어를 입력하면 캐릭터 능력치를 마음대로 조정할 수 있어

SHOW ME THE BLOOD

우와

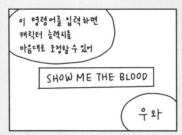

치트키의 발견

시시해

나는 가끔 삶이 버거울 때 이날을 생각한다

치트키의 교훈

05

나만 아는
노래인 줄 알았는데
모두가 듣고 있다

유튜브는 추천 알고리즘에 언제나 심심한 의문을 품게 만드는데, 이번에는 '나만 듣고 있는 줄 알았는데 모두가 듣고 있던 노래'라는 영상을 보여 줬다. 코웃음이 나왔다. 모두가 아는 곡을 자기만 듣는다고 생각해 우월감에 빠져 있다가 현실을 깨닫고 스스로의 어리석음을 개탄하는 우매한 대중의 모습을 보기 위해, 그러니까 댓글을 보려고 섬네일을 눌렀다. 그런데 귓가를 잔잔하게 적시는 이 선율은 뭐지. 이거 분명

나만 아는 노랜데…….

많은 사람들이 그러하듯 나도 몇 가지 만성적인 병증을 가지고 있다. 조울증과 변비, 방광염, 목 디스크, 아토피피부염, 그리고 홍대병.

홍대병이 본격적으로 나타난 시기는 20대 후반, 3년차 직장인 때였다. 똑같은 하루하루가 지겨웠고 뭐라도 해서 색다른 기분을 느끼고 싶었다. 그렇게 인디음악에 몸을 던졌다. 평일과 주말을 가리지 않고 편도 1시간 거리인 홍대로 나가 '클럽빵', '네스트나다', '벨로주', '롤링홀' 같은 공연장을 들락거렸다. 가장 즐겨 찾던 장소는 '카페 언플러그드'였다. 지하에는 공연장이, 1층에는 카페가 있는 곳이었는데 카페에도 언제나 기타를 치는 사람들로 가득했다. 그 뚱땅거리는 소리에 묻혀 구석에 앉아 밀크티라테를 홀짝이고 있으면 한없이 무색무취한 나도 덩달아 아티스트가 된 것 같았다. 우습지만 그런 착각이라도 해야지 견딜 수 있었다. 특별했던 내가 자라서 겨우 이런 어른이 되었다는 사실을 납득할 수 없던 시기였다.

딱 1년 후, 독립출판으로 작품 활동을 시작하면서 그토록 목이 말랐던 '작가'니 '크리에이터'니 하는 말을 듣게 되리라는 것을 그때의 나는 예상하지 못했다. 미리 알았더라면 좋아했을까? 그냥 보통의 회사원에서 보통의 회사원 겸 작가가 되는 건지도 모르고 말이다. 꿈이라든가 예술이라든가 작품이라든가 하는 멋져 보이는 것들도 가까이서 보면 결국 지루한 일상과 비루한 몸뚱이로 미련하게 밀고 나가야 하는 평범한 매일매일일 뿐이라는 걸.

몰랐는지, 아님 아닐 거라고 믿고 싶었는지.

엊그제 과장님과 외근을 나갔다. 과장님 차에 올라탔는데 익숙한 음이 흘러나왔다.

"이거 아도이 노래인데. 서 대리 혹시 알아?"

나도 모르게 살짝 웃음이 나왔다.

"과장님, 아도이 스타일 좋아하시면 대만 인디 신에서 활동하는 선셋 롤러코스터도 들어 보세요. 아시안 팝 좋아하는 사람들 사이에서는 꽤 유명하거든요. 내한 공연도 두 번 했고. 흔히 대만의 혁오 밴드라고 하던데 저는 아도이랑 더 통하더라고요. 그리고 또 대만 인디밴드인데 에버포라고요. 저도 알게 된 지 얼마 안 됐는데 시티팝 스타일이고 되게 괜찮아요. 근데 에버포는 국내에 음원이 아직 안 들어와서 유튜브로 들으셔야 돼요. 이, 브이, 이, 알, 에프, 오, 알. 아시겠어요?"

신박한 홍대병 치료법을 알고 있는 독자가 있다면 꼭 연락 주시길 바란다. seogyul@naver.com

미스터리 파일 #05

홍대병

홍대병은 인디 문화로 유명한 서울시 마포구 소재 홍익대학교 일대로부터 이름을 따온 질환이다. 스스로가 다수의 취향과는 차별화된 선구적인 안목을 가졌다고 확신하며 으스대는 증상을 보인다. 대부분 30세 이전에 발병하며 자각이 늦어 조기 발견이 어려운 편이다. 정확한 발병 원인과 경로가 밝혀지지 않았으며 자연 치유를 기대하는 것 말고는 치료 방법도 없다. 전문가들은 의심증상자에 한해 아래의 체크리스트로 자가 진단을 권유하고 있다. (7문항 중 5문항 이상 해당 : 고위험군)

1. 내가 좋아하는 대상이 인기가 많아지면 흥미가 떨어진다.
2. 대중들은 대체로 감정적이고 현명하지 못하다.

3. 솔직히 아싸로 사는 스스로가 멋지다.

4. 관객 수 천만을 넘긴 영화 중에 내가 본 작품은 3편 이하다.

5. 음원사이트 차트 TOP100에 랭크된 노래는 듣지 않는다.

6. 인디 공연장, 독립영화관, 독립서점 중에 한 곳을 월 1회 이상

　방문한다.

7. 나는 상위 5퍼센트의 재능과 안목을 가지고 있다. 아직 발휘

　되지 않았을 뿐.

지방에 살던 나는 수능을 치고 처음 홍대에 갔다

오
홍대
홍대입구
Hongik Univ.

한창 홍대 주변에서 놀 때 자주 들었던 말

이제 홍대가 홍대 느낌이 안 나

△△ 옆에 ○○있어서 맨날 가던 때가 그립다

사람 많다

크리스마스이브의 충장로*보다 많다

*광주광역시의 번화가

홍대는 지금도 이렇게 멋진데

그땐 얼마나 대단했길래?

다들 같은 옷을 입고 있네? 유행인가?

현재

홍대 너무 달라졌네

♡□랑 ☆☆도 없어지고……

옷 가게엔 없는데……

미술 학원 앞치아

그때 홍대가 그립다~

이제 이 말의 숨은 뜻을 안다

그때의 내가 그립다는 뜻이다

43

06

웹소설 쓰기
쉬울 줄 알았는데
어렵다

이 미스터리의 부제는 '오만과 편견'이다.

나는 정략결혼물을 좋아한다. 집안 사정 때문에 어쩔 수 없이 결혼한 두 사람이 어색하게 지내다가 사소한 계기를 통해 서로에게 이끌려 사랑에 빠지게 되는 과정을 좋아한다. 오 피스물 중에서는 여자 주인공이 잘 나가는 상사고 남자 주인 공이 어리바리한 신입인 구도가 재미있다. 로맨스판타지는 비범한 능력을 지녔으나 평범한 신분의 여자 주인공이 각종 사건을 해결해 가며 권력자인 남자 주인공과 엮이는 내용이 취향이다. 여자 주인공의 성격이 무심하고 감정 기복이 적을수록 걸 크러시한 매력에 빠진다. 아나스타샤, 멜리사, 아레아 같은 이름을 가진 주인공의 활약을 따라가면서 대리만족에 젖어 있다 보면 이런 생각이 든다.

솔직히 이 정도는 나도 쓸 수 있을 거 같은데?

그 결과 여기는 서울시 마포구 모처의 카페.

긴장을 해서 어금니에 힘이 들어갔다. 방금 건네받은 C편집장님의 명함을 내려다본다. 유명 웹소설 플랫폼의 이름이 적혀 있었다. 출판사를 통해 어렵게 어렵게 잡은 미팅이었다. 소중한 기회였다. C편집자가 가방에서 내가 미리 보낸 웹소설의 시놉시스와 원고 일부를 꺼낸 순간 동공이 마구 흔들리기 시작했다. 우리는 그 시한폭탄 같은 원고를 가운데 두고 날씨가 좋다는 둥 작품들 잘 보고 있다는 둥의 인사치레를 나누며 서로를 한창 탐색했다. C편집자가 묵직한 칼을 뽑아 휘두른 것은 그야말로 별안간이었다.

"작가님은, 작가님의 시놉에서 문제가 뭐라고 생각하세요?"

전투력이 장난 아니시네. 우리 엄마인 줄.

당황해서 머뭇거리니 바로 기술이 들어온다.

"일단 저희 플랫폼에서는요. 이 정도 길이로는 연재가 불가능하고요."

1 콤보

"인물이 너무 많아서 누구에게 감정이입을 해야 할지 알 수가 없어요."

2 콤보

"문장도 길고 쓸데없는 묘사도 너무 많고. 웹소설은 모바일 환경을 고려하셔야 하거든요."

3 콤보

"선악 구도가 불분명해서 몰입하기가 어려운 점도 아쉽고."

4 콤보

"소재도 논란의 여지가 너무 많고요. 이거 저희 플랫폼에는 못 올려요."

5 콤보

"작가님, 웹소설 읽어 보기는 하셨어요?"

저기요, 편집자님. 캐릭터 죽었잖아요. 더 이상의 부관참시를 멈춰 주세요.

C편집자님이 선물로 손에 쥐어 준 웹소설 결제 쿠폰을 들고 털레털레 집으로 향했다. 그리고 다짐했다. 웹소설 같은 거 내가 싫어서 안 쓴다. 작품성도 없고 내용도 다 똑같잖아. 문학이란 자고로 독자들에게 새로운 깨달음과 세계에 대한 통찰을 제공해야 하는 것이 아닌가? 웹소설은 그릇된 환상으로 독자들을 혹세무민할 뿐이다.

부제를 '여우와 신포도'로 바꾸는 게 나을까?

반쯤 울 것 같은 기분으로 지하철에 올라 인스타그램을 열었더니 웹소설 강의 광고가 보였다. '퇴근 후 1시간 투자해서 억대 연봉 웹소설 작가 되기! 10주 후엔 나도 전업 작가!' SNS에 뜨는 타겟팅 광고는 가끔 섬뜩할 때가 있다.

글로 돈을 벌고 싶었다. 초등학교 때부터 각종 글짓기 대회를 휩쓸고 온갖 만화책과 드라마를 섭렵한 나 정도면 그까짓 웹소설 수월하게 쓸 수 있을 것 같았다. 그러면서도 문학도로서의 고고함은 또 지키고 싶었다. 사회비판적인 메시지를 넣고 선과 악이 뒤섞인 복잡한 인물을 만들었다. 결론적으로 어느 독자도 읽고 싶어 하지 않는 이도 저도 아닌 작품이 나왔다.

나는 『어피치, 마음에도 엉덩이가 필요해』라는 불후의 에

세이집에서 이런 글을 썼다. '게임 오버의 뜻이 뭔 줄 아니? 그건 새로운 게임을 다시 시작할 수 있다는 의미야.' 그렇게 써 갈긴 내 손가락을 마구 때려 주고 싶다. 어떤 게임을 다시 시작해야 할지 모르겠다. 그러다 또 지면 어떡해? 가차 없이 혹평을 받고 다시는 일어서지 못할 정도로 무너지면? 나 무서워.

C편집자님이 준 쿠폰을 등록했다. 사랑으로 가득한 세계, 해피 엔딩이 약속된 로맨스의 나라로 빠져들었다. 안전한 곳으로 도망가서 몸을 뉘였다.

미스터리 파일 #06

독심술 타겟팅 광고

최근 마이크로소프트볼사의 수석 엔지니어 출신 빌 잡스가 미국 EBS와의 인터뷰에서 충격적인 사실을 폭로해 파장이 일고 있다. 스마트폰의 타겟팅 광고에 독심술 옵션이 추가됐는데, 그게 VIP 광고주들 사이에서 암암리에 활용되고 있다는 것이다. 사용자의 생체 신호를 수집, 분석하는 바이오 알고리즘이 탑재된 이 독심

술은 사용자의 생각과 감정을 읽는다.

더욱 충격적인 점은 이 사실을 행정부가 알고 있으면서도 군사 목적의 소프트웨어 개발을 위해 용인했다는 정황이 발각된 것이다. 전 세계 사용자들이 분노하고 있는 가운데 역설적이게도 마이크로소프트볼사의 주가는 연일 상한가를 기록하고 있다. 이는 독심술 타겟팅 기술의 잠재력에 대한 기대심리로 해석된다.

이 세계에서는 내가 마왕?!

내가 마왕인데 용사와 정략결혼?!

냉동실에 초면인
오징어순대가 있다

과거 나의 룸메이트였던 E는 영원을 믿었다. 한번 냉동실에 들어간 식품은 절대 변치 않는다고 주장했다. 그러던 어느날 E는 냉동실에서 오래도록 자리보전을 하던 옥수수를 먹은 뒤 배탈이 나서 응급실에 실려 갔다. 그 모습을 실시간으로 목격한 나는 꾸준히 냉동실 청소를 해야겠다고 다짐했다. 다짐만 했다.

지금 내 눈앞에 정체불명의 희고 검은 비닐봉지로 만석인 냉동실 풍경이 펼쳐지자 갑자기 E가 그리워진다. 아이 엄마가 된 E. 아이가 옥수수를 좋아하니? 이유식은 시켜 먹이니, 직접 만들어 먹이니? 언젠가 그 아이에게 우리가 국물떡볶이 1인분을 사서 남은 국물로 볶음밥과 비빔면을 말아 먹으며 이틀을 버텼던 오병이어의 기적을 얘기해 주고 싶구나. 자꾸 딴 곳으로 뛰어나가는 생각을 애써 다잡고 다시 냉동실로 눈을 돌렸다. 청소. 청소를 해야 한다.

모레가 이사다. 포장 이사를 핑계로 아무것도 안 하려고 했지만 혈관 속에 부지런한 K-국민의 DNA가 흐르는 터라 정말 아무것도 안 할 수는 없어서 발등에 불이 떨어진 지금에서야 꾸물꾸물 정리를 시작했다. 정리라고 해 봤자 포장 용기와 음식물을 분리해 쓰레기봉투에 넣는 단순 작업이었다.

하지만 대개 부잡스러운 사람들이 그렇듯 포장된 음식물 하나하나를 열어 보고 이따금 추억에도 잠기며 허송세월을 보냈다. 예컨대 이런 것이었다.

이 반쪽짜리 치즈 치아바타는 F과장님이 사줬다. 팀장님에게 혼나고선 입을 일자로 다물고 시위하고 있었더니 밖으로 데려가 커피를 사 먹이고 집에서 먹으라고 빵도 쥐어 주었다. 따뜻했던 사람. 얼마 전 연봉 1.5배 올려서 이직하셨다.

보고 싶네. 오랜만에 연락이나 해 볼까. 정말 연락할 생각도 없으면서 그냥 하는 소리.

저 닭 가슴살 소시지는, 갑자기 한 달 만에 5킬로그램이 쪘을 때 다이어트를 하겠다며 '20팩 구입 시 30퍼센트 할인'이라는 이벤트에 달려들어 구매한 제품이다. 지금은 5킬로그램 쪄 있는 그 몸무게가 하한선인데 세월과 반비례하는 기초대사량이 참으로 야속합니다.

이 미역국은 셀프 생일상 차린다고 혼자 만들어 먹다가 질려서 넣어 둔 것. 그리고 저 다진 고기는 한창 오믈렛에 미쳐 있을 때 넣어 먹으려고 쟁여 뒀고, 요 대패삼겹살은 온라인 신선식품 쇼핑몰 가입 이벤트로 100원에 사서 여태 안 먹었고, 이건…… 이건 뭐지?

비닐을 벗겨 보니 오징어순대였다. 오징어도 좋고 순대도 좋은데 좋은 거랑 좋은 거의 조합이라니 아주 없어서 못 먹는 음식이건만 이 오징어순대는 초면이다. 사실 서울에서 오징어순대를 사 본 기억도 먹어 본 기억도 없다. 찬찬히 오징어의 유선형 몸매를 뜯어봤다. 손바닥보다 조금 큰 미니멀한 사이즈. 통통한 두께감. 푸르딩딩하게 얼어 있는 팥죽색 표면. 몸통에 비해 앙증맞을 정도로 작은 10개의 달랑거리는 다리.

얘. 너 대체 어디서 왔니?

30대가 된 나에게 20대 때와 가장 달라진 점이 뭐냐고 누군가 묻는다면 근육통이 하루나 이틀 늦게 찾아온다고 답할 것이다. 팔이나 다리가 뻐근해서 생각해 보면 어제나 그제 운동을 무리하게 했거나 계단을 많이 걸었다. 그런데 근육통뿐만 아니라 기억도 늦게 찾아오는 걸까?

다음 날 저녁, 책장을 정리하던 중이었다. 사랑을 주제로 한 그러나 더럽게 지루한 철학서를, 중고서점에 넘기려고 마련해 둔 박스 안에 골인시키는데 퍼뜩 생각났다. 이 책과 그 오징어순대를 준 사람이 동일인이라는 것. 그 사람이 어느 주말 속초를 다녀와서 닭강정이니 메밀전병이니 하는 먹을거리를 잔뜩 사 왔고 그중에 오징어순대는 얼려 두고 다음에 같이 먹자고 약속했던 일. 그리고 '다음'은 없었다. 세상에.

나는 내가 너무 웃겼다. 그렇게 사랑했는데 이렇게 흐릿할 수가 있나? 약간 기억상실증 같은 거 아닐까? 아니면 그때의 나는 오징어순대와 함께 냉동실에서 꽁꽁 얼어 있다가 어제 딸려 나와 음식물 쓰레기봉투에 섞여 버려진 걸까?

이러니까 부잡스러운 데다가 시도 때도 없이 감성이 폭발하는 인간은 집 정리 같은 거 하면 안 된다. 어쩐지 울적해져 침대 위로 올라가 이불을 뒤집어썼다. 그리고 곰곰이 생각했다.

포장 이사는 집에 뭐가 있든, 심지어 쓰레기가 있어도 그 상태 그대로 싸서 옮겨 준다며? 옳거니, 나는 미련을 바닥에 그냥 놓기로 했다. 새집으로 데려가기 위해서다. 데려가서 가끔 들여다보려고. 미련의 대상은 그 사람이 아니라 그 사람을 사랑했던 나. 재지도 따지지도 않고 마음만 오롯했던 내 오동통한 사랑. 바닥이 어린 나로 가득 찼다. 영원을 믿었던 성에 낀 그 몸에선 희미하게 냉동실 냄새가 올라왔다.

냉동실 미궁

냉동실에 숨겨져 있는 히든 던전이다. 일반적으로 냉동실 공간을 50퍼센트 이상 사용한 시점에 등장한다. 육안으로는 확인이 어렵지만 아이템들이 자꾸 미궁으로 사라지는 현상으로 미루어 그 존재를 유추할 수 있다. 난이도가 낮은 던전이라 크게 조심할 점은 없으나, 가끔 이 미궁에서 3년 묵은 냉동 만두나 5년 묵은 소불고기, 7년 묵은 다진 마늘이 소환되는 경우가 있어 주의를 요한다.

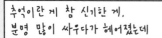

추억이란 게 참 신기한 게,
분명 많이 싸우다가 헤어졌는데

결국 같이 이사 간 오징어순대

좋은 기억만 남는다

빨리 버려.
설마 먹을 생각은
아니지?

출산 후 산모들에게 나타나는
옥시토신으로 인한 선택적 망각과
유사한 메커니즘으로 추정……

사랑의 유통기한이 끝나고
유통기한 없는
오징어순대만 남았다.
봄이었다.

이과가 또…….

문과가 또…….

월급을 받았는데
월급이 없다

월급을 받았는데 월급이 없는 걸 보니 아무래도 정체를 알 수 없는 검은 세력이 내 통장에 빨대를 꽂고 있는 것이 분명하다. 밥줄이 걸린 이 중차대한 문제를 해결하고 검은 세력의 실체를 본격적으로 파헤치기 위해 오늘부터 가계부를 쓰기로 한다. 지피지기면 백전백승. 음모론의 꼬리를 잡고 본인의 피해 사실을 천명하기 위한 첫걸음이다.

```
5월 6일 월요일
- - - - - - - - - - - - - - - - - - - - - - - - - - - - - - -
○○페이 택시 자동결제              9,500
○○커피 아메리카노 샌드위치 세트    5,000
○○허브 루테인 영양제            14,500
○○웰스 데일리비타민            25,300
○○페이 폰 케이스                9,000
○○25 고구마 말랭이              2,500
○○페이 아침에톡톡 석류즙        12,800
○○페이 스트레칭 밴드            4,500
서울메트로                       1,250
○○핫도그                        2,000
배달의○○ 모둠초밥              9,000
배달의○○ 녹차 아이스크림 파인트   7,900
- - - - - - - - - - - - - - - - - - - - - - - - - - - - - - -
```

그 걸음 그만 걷도록 하자.

푼돈 모아 태산되는 내 소비 습관을 논외로 두더라도 5월
은 유독 궁핍하다. 어버이날과 엄마 생신이 같은 달에 들어있
기 때문이다. 365일 중에 362일 정도는 잊고 살다가 이제야
나의 혈육, 오빠의 존재가 고맙게 다가온다. 선물 비용은 n분
의 1이다. 오빠의 연봉이 내 것보다 2배나 많지만 상관없이
반씩이다. 자라면서 학자금과 용돈 등 여러 면에서 동일한 투

자를 받았으니 당연한 일이고, 또 나름의 전략이기도 하다. 당신들이 언젠가 재산을 분배하실 때 상속자로서 나와 오빠의 포트폴리오가 비등하길 바라기 때문이다.

계산적이고 퍽 약아빠졌다. 이런 딸을 키우며 엄마는 여러 차례 질색했고 아빠는 종종 곤란해했다. 중학교를 입학할 무렵으로 기억한다. 친척들이 준 용돈을 누가 가지느냐로 싸우다가 엄마가 내게 말했다.

"너는 네가 착한 사람이 아니란 걸 알아야 해. 네가 아무렇지도 않게 이런 이기적인 말을 할 때마다 정말로 정이 다 떨어져. 꼭 찬물을 뒤집어쓴 것처럼 소름이 끼치고 칼로 찔린 것처럼 아파."

그때 내가 뭐라고 대꾸를 했더라? 기억이 안 난다.

"기미가 많아졌어요? 레이저면 돼요?"

올해 엄마가 초이스한 버스데이 기프트는 피부과 시술이다. 엄마와 통화를 마치고 오빠에게 메시지를 보냈다. 답장을 기다리는 동안 계좌 잔고를 확인했다.

나는 아주 오랫동안 착하지 않은 스스로를 혐오했다. 친구가 없고 연인에게 버림받고 외롭고 슬픈 모든 게 그 때문이라고 생각했다. 개조하려고 안간힘을 썼지만 매번 실패했다. 여전히 나는 착해지는 방법을 모른다. 자신의 싫은 모습을 긍정하는 방법도 모른다. 그나마 알게 된 거라곤 엄마도 사실 그렇게 착한 사람은 아니라는 것이다. 아빠랑 오빠도. 회사 과장님이랑 택시 기사님이랑 카페 사장님이랑 어린이집 선생님이랑 동사무소 계장님이랑 옆집에 사시는 할머니랑 또 당신도. 착하지 않은 사람들끼리 산다. 착하지 않은 사람들끼리 사랑한다. 상처도 주고 위안도 준다.

오빠에게 메시지가 왔고 프락셀 레이저 10회, 총 75만 원의 절반인 37만 5천 원을 송금했다. 폰 화면에 코딱지만 한 잔고가 찍혔다.

이번 달에도 월급이 통장에 스치운다.

월급벌레

월급 통장에 서식하는 해충이다. 현재 과학 기술로는 포집이 거의 불가능해 대부분의 생태적 특징이 미지에 싸여 있다. 발견되는 국가에 따라, 직종에 따라, 사람에 따라 습성과 행태가 매우 다양한 까닭에 이 생명체를 하나의 종으로 분류하는 것에 대해서도 학자마다 의견이 분분하다. 현재까지 밝혀진 사실은 2가지뿐이다. 첫째, 돈을 주식으로 한다. 둘째, 중력의 영향을 받지 않는다. 인류는 오래전부터 월급벌레를 없애기 위해 여러 민간요법을 사용했다. 가계부 쓰기, 신용카드 없애기, 통장 쪼개기 등. 그러나 아직까지 박멸된 사례는 보고되지 않았다.

나름 노력을 하긴 한다

앱테크!
짠테크!
포인트 관리!
쿠폰!

그래도 월급벌레가 있다는 건
갉아먹을 월급이 있다는 소리다

맛있니?

철저한 지출 관리!

✉ 메시지

야 대박이지 않냐 얘 또 돈 썼다
[web발신]
서클카드 승인 내역 38,900원

취준생일 때 1년 정도 수입이 아예
없던 때가 있었는데

서클대기업
인적성
TANGERINE
SPEAKING

대박 사건

지난 달보다
25만원이나
아꼈다!

이번 달
전달 대
256,490원
⬇

모아 둔 돈만 까먹는 스스로가
좀벌레처럼 느껴졌다

에어* 프로 사라는
하늘의 계시인가?

아니야

계시 맞음 아무튼 맞음

세스*도
공채 하나?

세스*: 귀하의 능력은 출중하오나……

09

흰 옷을 입은 날엔
짬뽕이 먹고 싶다

숨 막히는 백색, 그냥 하얗다는 말로는 부족한 '순백'의 색에는 보는 이를 어쩐지 불안하게 만드는 위태로움이 있다. 들어오는 모든 빛을 반사시키는 이 여리디여린 완고함 앞에서 흔들리지 않을 자 누구인가. 한없이 순결하고 무구한 빛의 산란 앞에서, 숭배하고자 무릎을 꿇으면서도 얼룩을 묻히고자 구둣발을 내밀게 되는 이율배반의 운명.

아, 짬뽕 말고 소고기 미역국 먹을걸.

회사 지하의 구내식당. 흰 블라우스에 짬뽕 국물이 후두둑 튀었다. 옆에서 부장님이 닦으라며 휴지를 건네준다. 박박 문질러 보지만 얼룩은 더욱 커지기만 했다. 나도 모르게 미간을 찌푸렸다. 아니 왜 하필 오늘 짬뽕을 골랐담?

일부러 그러는 걸 수도 있다. 심리학에는 '역설적 의도'라는 용어가 있다. 심리치료 기법 중의 하나인데 특정한 심리 상태를 가리킬 때 사용되기도 한다. 의도가 강할수록 그 의도와 반대되는 행동을 하게 되는 현상으로, 잠을 자려고 노력할수록 더 잠이 안 오고, 상대의 호감을 사려고 할수록 더 실수하고, 어버이날이 되면 유독 부모님 앞에서 밉상 짓을 하게 된다. 하얀 옷을 입은 날에 기어이 점심 메뉴로 짬뽕이나 토마토스파게티, 마라탕을 고르는 이 알쏭달쏭한 심리도 비슷한 맥락에서 이해할 수 있겠다. 사무실에 올라가 화장실로 직행했다. 훌렁훌렁 블라우스를 벗어 들고 물비누로 얼룩을 마저 지우려고 애썼지만 소용없었다.

좀처럼 입지 않는 시폰블라우스를 세탁소 비닐 포장에서 꺼낸 이유는 오후에 행사가 있기 때문이었다. 회사 안팎으로 여러 관계자들이 오는 콘퍼런스에서 사회를 맡게 됐다. 대리들끼리 돌아가면서 서는 자리였지만 부담이 없지는 않았다.

양치를 한 뒤 자켓으로 짬뽕 흔적을 가리고 강당으로 들어갔다. 리허설을 어제 미리 해서 오늘은 간단히 장비 연결만 점검했다. 각종 사장님들과 임원 분들이 하나둘 들어오시고 자리가 점점 채워졌다. 낭랑한 목소리로 콘퍼런스의 시작을 알리려는데 손에 든 무선 마이크가 작동하지 않았다. 버튼을 위아래로 움직여도 불이 들어오지 않았다. 방전이었다.

강당 뒤편에 서 있던 다른 대리님이 급하게 밖으로 뛰어나갔다. 건전지를 구하러 갔을 것이다. 일단 시작해야 한다. 소리를 크게 내려고 깊게 숨을 들이켰다. 타고난 복식 발성 탓에 어릴 때부터 좀 조용히 해 달라는 얘기를 숱하게 들었던 나다. 뱃구레를 부풀려 공기를 모으고 복부 아래와 옆구리, 허리와 엉덩이 위에 바짝 힘을 줬다. 그런데 너무 힘을 많이 줬던 것일까? 고품격 복식 발성이 저품격 방귀 소리와 함께 나왔다. 오랜만에 불편한 옷을 입어서인지 내내 아랫배가 더 부룩했던 걸 간과했다.

"고객의 마음을 들여다보는 인사이트 콘퍼런스에 와 주신 여러분, 진심으로 감사드립니다."

뿌ᄋᄋᄋᄋᄋᄋᄋᄋᄋᄋᄋᄋ…….

"저는 오늘 사회를 맡은 고객연구 팀 서○○ 대리입니다."

오옥, 옥, 오오옥, 오오옹…….

"먼저 첫 번째 순서로……."

보오오오오오옹?

첫 번째 연사를 소개하고 자리에 앉았다. 아마 들리지 않았을 거라고 생각한다. 강당이 워낙 넓고 좌석과 무대 사이도 머니까. 그런데 맨 앞에 앉으신 전무님께서 나와 눈이 마주치자 황급히 고개를 돌리시는 이유는 무엇일까? 그 뒷자리에 앉은 팀장님이 나를 보고 조금 슬프게 미소 짓는 건 왜일까? 겨드랑이에 땀이 솟아서 자켓을 벗었다. 고개를 숙였더니 가슴팍에 짬뽕 국물 얼룩이 보였다. 콩, 콩, 콩 3개 찍힌 점이 꼭 사람 얼굴 같았다. 입 위치의 점이 미묘하게 비죽한 게 분명 비웃는 표정이다. 이렇듯 불규칙한 이미지에서 익숙한 패턴을 찾아내는 인식의 오류를 심리학에서는 '파레이돌리아'라고 부른다. 그렇다면 오프닝 멘트를 하면서 방귀를 뀐 후 같은 자리에서 3시간이나 더 사회를 봐야 하는 8년차 만년 대리의 심리는 뭐라고 부를까? 아니 근데 이 짬뽕 국물 자식아, 계속 그렇게 쳐웃을 거냐?

조퇴하고 싶다.

방귀쟁이 대리

서울시 서초구 양재동 말죽거리에 전해 내려오는 도시 전설. 장
시간의 좌식 근무로 만성변비에 걸린 어느 대리가 독한 똥 방귀
를 뀌며 서초대로를 걷다가 방귀의 힘으로 하늘로 솟구쳐 행방
불명되었다는 내용을 골자로 한다. 고된 노동에 지친 회사원의
애환이 반영된 괴담이다.

네이비 스트라이프 티셔츠를 입은 날엔

자유분방하게 입은 날엔

꼭 누가 같은 옷을 입고 온다

꼭 중요한 회의에 소환된다

꼭 식당에서 나란히 앉는다

꼭 프레젠테이션을 맡는다

꼭 화장실 타이밍이 겹친다

퇴근하고 싶다

꼭 식사 자리까지 끌려간다

퇴근하고 싶어

10

우산을 챙기면
비가 오지 않는다

가방 속 소지품은 필요와 무게라는 두 변수로 이루어져 있다. 그리고 이것들은 정적상관관계에 놓여 있다. 필요한 걸 닥치는 대로 넣는다면 어깨가 휘청일 정도로 무거워질 수밖에 없고, 가벼움을 추구하며 미니멀리즘을 실천하다 보면 챙겨야 할 물건을 빠뜨리기 십상이다. 이 사이에서 몇 년 동안 균형을 맞추기 위해 노력해 왔다. 그 결과 충전기를 담은 PVC 지퍼 백, 립밤과 핸드크림을 넣고 다니는 폴리에스테르

재질의 파우치, 지우개 하나와 펜 2개가 들어가는 작은 필통, B5 크기의 중철 무지 노트, 카드 지갑으로 극적 타결을 이루었다. 여러 시행착오를 겪으며 만든 구성이라 웬만해선 이 완벽한 균형을 무너뜨리고 싶지 않다. 오후에 비 예보가 있는 어느 날 아침, 우산을 가방에 집어넣을 것인가, 말 것인가를 두고 이토록 힘겨운 고민에 빠지는 이유가 여기 있다. 일반적인 3단 우산의 무게는 300그램 전후. 오후 5시 이후의 강수확률 50퍼센트. 오늘 나의 어깨 통증 현황은 강중약 중의 강.

강수확률 50퍼센트는 같은 조건의 대기 상태일 때 100번 중 50번 비가 내렸다는 의미다. 통계에 따른 예측값이다. 그래서 오늘 퇴근할 때 비가 올까, 안 올까? 누구도 단언할 수 없다. 확률이란 그런 거니까. 몇 번을 넣었다 뺐며 반복하다가 결국 우산의 무게만큼 무거워진 가방을 짊어지고 출근길에 나섰다. 고작 300그램이지만 평소보다 발걸음이 버거운 느낌이다.

지하철 인파에 시달리다 겨우 사무실에 도착한 나는 어깨를 짓누르던 가방을 내려놓고 밤새 쌓인 일 몇 개를 처리했다. 그러고 나서 한숨 돌릴 겸 휴게실로 갔다. 원두를 가는 커피머신의 소리를 들으며 습관적으로 폰을 확인했더니 메시지

몇 개가 쌓여 있었다.

[작가님 굿모닝]

[오늘 저녁에 제 작업실에서 몇 명 모여서 피자 먹기로 했는데]

[급벙개]

[시간되면 오실래요?]

망원동에 작업실이 있는 D작가의 연락이었다. 잠깐 생각
하고 답변을 보냈다.

[ㄴ 앗ㅜㅜ 넘 가고 싶은데…… 오늘 야근할지도 몰라서……]

[ㄴ 야근 안 하면 갈게요!]

거짓말이다. 야근을 해야 할 만큼 바쁜 일은 없다. 간다고
하기에는 부담스럽고 안 간다고 하기에는 좀 아쉬워서 시간
을 벌려고 어정쩡하게 던진 말이다. 방문 확률 50퍼센트.

D작가와는 독립출판 행사에서 몇 번 만나 예전부터 안면
이 있었다. 최근 책방에서 글쓰기 모임을 함께하며 사이가 가
까워졌다. 관심사나 취향이 겹치는 데가 있고 무엇보다 유머

코드가 비슷해서 대화가 즐거웠다. 이 초대는 D작가가 처음으로 내게 제안한 사적인 만남이다. 모이기로 했다는 사람들은 아마 평소에 D작가와 친밀히 지내던 다른 동료 작가와 책방지기일 것이다. 분명 그들도 재미있는 사람들이겠지만…….

커피를 들고 회의실에 들어갔다. 점심시간 직전까지 꽉 차게 회의를 하고 나왔다. 다들 무리 지어 지하 구내식당으로 내려가고, 나는 귀에 이어폰을 꽂고 밖으로 나왔다. 요즘엔 불가피한 일이 아니면 대개 점심시간마다 회사 주변을 산책한 후 혼자 밥을 먹는다. 팀원들도 이제 같이 밥 먹으러 가자는 말을 꺼내지 않는다.

나는 웬만하면 남과 친해지고 싶지 않다.

정신과 상담 때 이 주제로 이야기를 했다. 누군가와 친해지는 게 무섭다고 털어놓았다. 청소년기에 왕따를 당한 적이 있다. 정말 친하다고 생각한 친구가 하루아침에 내게 등을 돌렸다. 이후 나를 보호하기 위해 타인에게 마음 주는 일을 꺼리게 되었다. 분명 또 등을 돌리고 손가락질하고 나를 버릴 거니까. 마음을 준 만큼 상처받을 거니까. 내 말을 조용히 듣던 선생님이 물었다.

"그때 배신했던 친구랑 지금 주변에 있는 사람들이 같은 사람이에요?"

"아니요?"

"같은 사람도 아닌데 왜 과거의 인물과 똑같이 행동할 거
라고 믿고 있어요?"

일종의 확률이에요. 경험이요. 유사한 조건에서 인간관계
를 맺었을 때 내가 상처받고 버림받았던 횟수로 미루어 본 통
계적인 예측값이요. 그래서 선생님, D작가와 친해지면 작가
님이 저를 버릴까요, 버리지 않을까요?

퇴근길. 공기가 습하긴 했지만 비는 오지 않았다. 가방 속
에서 존재감을 뽐내고 있는 우산을 내려다보았다. 생각해 보
니 내가 도출한 인간관계의 예측값에는 오류가 있다. 유의미
한 확률을 구할 정도로 사례가 많지 않았던 것이다. 과학적
사고에 기반을 둔 산업혁명 이후의 근대인답게 조금 냉정하
게 이 사태를 지켜볼 필요가 있다. '성급한 일반화의 오류'를
범한 것은 아닌가? 지나치게 적은 표본을 확대해석한 것은
아닌가?

즉, 나는 그동안 많이 외로웠고 이제 조금은 행복해지고
싶다. 집으로 향하는 셔틀버스 대신 건너편에서 시내버스를
탔다. 종종 내 인생을 드라마나 다큐멘터리 같은 영상물에 빗

대어 상상해 보곤 한다. 지금 장면에는 이런 내레이션이 깔리면 어떨까?

'D작가의 피자 파티에 가기로 한 이날의 결정은 사소해 보이지만 아주 큰 변화를 불러왔다……'

그 변화가 무엇일지는 아직 모른다. 변화는커녕 또 상처받고 전보다 더 움츠려들 수도 있겠지. 그러므로 이 내레이션에 이어질 뒷 문장은 좀 더 시간이 흐른 뒤에 쓸 수 있을 것 같다.

[저 지금 가고 있는데요. 치즈 크러스트로 시켜 주시면 안 돼요?]

[ㄴ 옼게이]

[치즈스틱도]

[ㄴ 배우신 분]

성급한 일반화의 잡귀

인간에게 빙의하여 성급한 일반화를 부추기는 귀신이다. 부정적인 경험을 부풀리고 과장하여 인지적 오류를 일으키도록 조종한다. 지역마다 외양이 다른데 한국에서는 알파카 머리에 두꺼비 몸통을 달고 있는 형상으로 묘사된다. 인간을 피해의식에 시달리게 하고 도전과 모험을 기피하는 몹쓸 겁쟁이로 만드는 악한 존재다. 이 잡귀의 퇴치법으로는 코알라의 콧기름과 표범의 엉덩이 털과 키위새의 발톱 부스러기를 섞어서 굳힌 후 태우는 방법과, 『인생은 엇나가야 제맛』 2권을 사서 1권은 선물하고 남은 1권은 머리맡에 두고 자는 방법이 전해진다.

신박하네

신박해

2장
___

하트가 들어간
이모티콘

11

일 잘하는 사람이
퇴사한다

퇴사자의 마지막 퇴근길에는 누군가의 에스코트가 필요하다. 사원증을 반납한 순간 외부인으로 신분이 바뀌어 내부 직원의 동행 없이는 게이트를 통과할 수 없기 때문이다.

오늘 퇴사하는 Y대리님을 위해 그 역할을 자진해서 맡았다. 엘리베이터에서 별 시답잖은 농담을 나누며 웃다가 1층 로비에 도착해 심심한 끝인사를 주고받았다. 차를 끌고 온 남편이 건물 앞에서 대기 중이라고 했다. 이 부부는 오늘 퇴사

기념 파티를 하고 2주 뒤 미국으로 떠난다. 그곳에서 함께 디자인 공부를 이어나갈 예정이었다. 쇼핑백을 양손 무겁게 들었으면서도 낭창낭창 멀어져 가는 Y대리님의 뒷모습이 산뜻했다.

사무실로 돌아와 다시 모니터 앞에 앉았다. 빨리 일해야 빨리 퇴근할 수 있는데 도무지 글자가 눈에 들어오지 않았다. 똑똑하고, 의욕적이고, 새로운 아이디어가 샘솟고, 세상을 더 나은 곳으로 바꾸고 싶은 사람들이 하나둘 회사를 나간다. 그리고 두려움 많고, 현실과 타협하고, 사회적 통념에 충성하며, 불의에 기꺼이 굴하는 사람들이 정리해고 대상자 리스트에 이름이 올라가지 않기를 기도하며 질기게 회사를 다닌다. 전자는 Y대리님에 대한 설명이고 후자는 자기소개다. 이렇게 멍하니 자기 비하에 빠져 있는 사이 20분이 지났다. 정신을 다잡고 다시 눈앞의 글자에 집중하기 위해 없는 집중력을 끌어모았다.

나의 주된 업무는 보고서를 쓰는 일이다. 8년 동안 줄곧 써 온 보고서는, 사람들로 하여금 돈을 펑펑 쓰게 만들도록 새롭고 값싼 방법을 찾아 정리한 것이었다. 그 방법을 아주 크게 분류하면 두 갈래로 나눌 수 있다. 돈을 쓰면 당신도 이렇게 될 수 있다고 꼬드기거나, 돈을 안 쓰면 당신이 어떻게 될지 모른다고 위협하거나. 허황된 환상과 왜곡된 공포를 자아내고 꼬박꼬박 봉급을 받는다. 치킨을 먹고 핸드폰 요금을 낸다. 목숨을 부지하기 위해 돈을 번다.

중학교 때 신문 보는 걸 좋아했다. 인권과 동물권에 대한 기사를 스크랩했다. 심심하면 소설을 썼다. 교내 시 동아리에 가입한 적도 있다. 희곡을 써서 혼자 모든 배역을 연기하기도 했다. 방학마다 복지관에서 봉사활동을 하는 것도 보람찼다. 모든 과목이 다 재미있지는 않았지만 세상의 원리를 알아가는 과정은 대체로 짜릿했다. 하고 싶고 되고 싶은 게 너무 많아서 밤마다 잠이 오지 않았다. 그 아이는 자라서 회사원이 되었다.

이와 비슷한 길을 걸은 사람을 나는 알고 있다. 작은 극단에서 배우로 활동하고 밤마다 시를 쓰던 사람이었다. 어느 날 연인이 아이를 갖자 그 사람은 생계를 꾸리기 위해 사립학교 교사 자리를 구했다. 몇 년 후 비민주적인 사학재단에 항의하며 당시 불법이었던 교직원 노동조합을 만들다가 경찰에 붙잡혔다. 구 연인, 현 아내는 둘째 아이를 임신 중이었다. 다시는 노동조합에 관여하지 않겠다는 각서를 쓰고 해직 위기에서 벗어났고 이후 50대 후반까지 묵묵히 일을 했다.

똑똑하고, 의욕적이고, 새로운 아이디어가 샘솟고, 세상을 더 나은 곳으로 바꾸고 싶었던 그는 그렇게 두려움에 지고, 현실과 타협하고, 사회적 통념에 충성하고, 불의에 기꺼이 굴하면서 나의 아빠로 살았다. 그가 벌어 온 돈으로 나는 치킨을 먹고 피아노 학원을 다녔다. 뼈를 늘리고 살을 찌웠다. 부를 누려 본 적은 없지만 가난은 알지 못했다.

어젯밤에는 어깨 통증 때문에 충격파 치료를 받아야 한다는 아빠에게 치료비로 쓰시라고 20만 원을 보냈다. 더 필요한 게 있으면 언제든지 말씀하시라고 주저 없이 말했다. 아빠는 주말에 집에서 문어를 쪄 먹을 계획이라고 했다. 토요일 점심에 본가로 내려가 같이 먹기로 약속했다. 통화가 끝난 후 꽃 사진 몇 장이 도착했다. 아침에 아빠가 강아지를 데리고 아파트 단지 내 산책길을 걷다가 찍은 것이었다. 하트가 들어간 이모티콘을 섞어 예쁘다고 답장했다.

현재 나의 모든 순간은, 과거 나의 모든 선택의 결과다. 이쯤 살아 버렸다면 이제 내게 필요한 것은 선택하지 않은 길에 대한 미련이 아니라 이미 내린 선택에 대한 합리화일지도 모른다. 알면서도 망설인다. 평온과 후회가 심방과 심실처럼 맞

붙어 펄떡인다. 이러지도 저러지도 못한 채 '어떻게 살 것인 가'라는 질문은 끝내 혀끝만 맴돌다가 사라진다.

미스터리 파일 #11
퇴사의 법칙

영국 하와이 비즈니스 스쿨 구아바 런던 교수는 지난 2042년, 퇴사에 영향을 미치는 변수들의 상관성을 연구하는 논문을 발표 했다.

놀랍게도 근무 평점, 동료 평판, 연봉 인상률은 퇴사와 유의미한 상관관계가 없는 것으로 밝혀졌다. 오히려 가장 강력한 영향을 끼치는 변수는 구내식당 만족도로, 무려 -0.6이라는 반비례 값 을 기록했다. 회사 밥에 만족할수록 퇴사를 적게 했던 것이다.

의외의 발견은 또 있다. 정비례 관계에 있는 것들 중 가장 강력한 변수가, +0.5의 값을 기록한 동공의 빛 반사율이라는 점이다. 동공이 초롱초롱할수록 퇴사율이 높아진다는 의미는 바꿔 말하 면 눈이 죽어 있을수록 회사를 오래 다닌다는 뜻이었다. 이 소식 을 들은 수많은 회사 고인물들은 거부감을 드러내며 연구의 진위를 의심하는 한편, 서둘러 인공눈물을 구매하는 이중적인 모습을 보였다.

그런 무서운 꿈을 꿔

멋있으니까 너 해

12

옷이 있는데
옷이 없다

"진짜 입을 옷이 하나도 없네."

처음으로 용돈을 모아 혼자 힘으로 옷을 구매한 11세의
봄 이후 20년 하고도 수년이 흐른 오늘 아침에 이르기까지,
한결같이 내 옷장에는 옷이 있는데 옷이 없다. 이 미스터리를
풀기 위해 오랜 시간 넷플릭스와 유튜브에서 갖가지 과학 다
큐멘터리를 시청하며 연구한 결과, 총 4가지의 유력한 가설
을 도출해 낼 수 있었다.

1. 모든 신상은 독립된 스타일로 존재하며 기존의 아이템과는 유의미한 연관성이 없다. 새로 구입한 오렌지색 하와이안 티셔츠에 매치할 바지와 양말과 운동화와 가방과 시계와 안경과 무선 이어폰 케이스와 스마트폰 그립톡은 나에게 존재하지 않는다.

2. 올해의 신체는 작년의 신체보다 무거우며 이는 비가역적이다. 한번 두툼해진 옆구리 살과 허벅지의 셀룰라이트는 본래의 상태로 되돌리기 어렵고 많은 비용을 필요로 한다. 밴딩 팬츠를 입기 시작한 이후 스키니진은커녕 폴리우레탄, 즉 스판 함유량이 4퍼센트 미만인 청바지들을 걸칠 수 없게 된 점이 이 사실을 반증한다.

3. 옷장 속의 모든 의류는 한 방향으로만 변화하며, 그 방향은 외출복에서 잠옷으로 향한다.

4. F=ma. 여기서 F는 패션(fashion), m은 돈(money), a는 분노(angry)를 의미한다. 내가 노비처럼 일해서 번 돈인데 2만 원짜리 블라우스 하나 못 살까 하는 분노가 눈앞에 쌓인

옷 더미를 보고도 '입을 옷이 없다'는 왜곡을 일으켜 결제 버튼을 누르게 한다.

  그래서 오늘 총 18만 6천 원어치 옷을 구매했다. 모두 인터넷으로 주문했으니 하루 이틀 안으로 택배가 올 것이다. 택배 봉투를 뜯을 생각에 벌써 행복하다. 이미 패셔니스타가 된 것 같다.

  누군가는 비계획적이고 충동적인 소비라고 나무랄지 모르겠지만, 스스로 하여금 내일을 기대하게 만드는 것이라면 그게 무엇이든 소중히 여길 가치가 있다. 나는 우울감 때문에 죽고 싶었던 어느 겨울에 예쁜 샌들을 산 적이 있다. 샌들을 신으려고 여름까지 살았다.

옷장홀

옷장이나 행거 속에서 발견되는 이 괴이한 차원의 단면은 통칭 옷장의 블랙홀, 흔히 '옷장홀'이라고 불린다. 존재하는 모든 것을 빨아들이는 게 우주의 블랙홀이라면, 옷장홀은 선별적으로 옷만 빨아들이고 때로는 뱉어 낸다. 지구 중위도에 위치한 국가에 흔히 분포하며 환절기에 별다른 징후도 없이 갑작스레 출현한다. 이 옷장홀을 막거나 없앨 방법은 현재로선 없다. 패션업계에서 이 해결책을 교묘하게 은폐하고 있다는 풍문이 있다.

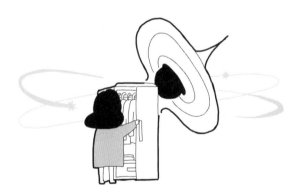

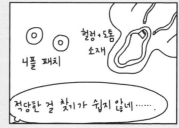

할미 때는 트렌치코트란 게 있었단다

돼지였으면 12개!!

13

나를 괴롭혔던 그 애가
즐겁게 살고 있다

우연히 E의 계정을 발견했다. 일요일 오전, 씻지도 않은 채 이불에 드러누워 인스타그램을 돌아다니다가 클릭한 계정이었다. 몸매가 드러난 사진이 많았고 레깅스와 단백질 쉐이크를 공구 중이었다. 얼굴이 많이 바뀌어 처음에는 당연히 동명이인이라고 생각했다. 몇몇 피드에서 익숙한 아이디의 댓글이 보였다. 중학교 동창의 것이었다. 나와도 맞팔 관계인 그 동창은 E를 '○○쩡'이라 부르고 있었다. 듣기만 해도 목덜

미에 소름이 돋던 그의 애칭이었다.

　E와는 중학교 1학년 때 처음 만났다. 괴롭힘은 소소했다. E는 내 필통에 '죽어 버려'라는 쪽지를 넣어 두거나 체육복을 빼돌렸고 시험기간에는 요점 정리를 해 둔 교과서를 훔쳐 가기도 했다. 다행히 성적이 상위권이었던 나는 선생님들의 관심을 많이 받았기 때문에 노골적인 괴롭힘으로까지 번지지는 않았다.

　하지만 가장 참을 수 없었던 것은 E가 나와 친하게 지내는 친구를 빼돌렸던 일이다. 누군가와 어렵게 가까워지면 E는 갑자기 간도 쓸개도 내줄 것처럼 살갑게 굴며 그 아이를 자기 무리로 빼 갔다.

　작지만 정글 같았던 중학생들의 사회 안에서 E와 그 친구들은 최상위 포식자였고, 간택받은 나의 (구) 친구는 기뻐하며 무리로 뛰어 들어갔다. 그렇게 조용히 고립되었다. 쉬는 시간이나 점심시간마다 책상에 엎드려 잠을 잤던 건 피곤해서가 아니라 같이 놀 친구가 없어서였다.

　이제는 웃으며 말할 수 있을 정도로 오래된 일이지만, 인스타그램으로 E의 모습을 보자 마치 어제 일처럼 불쾌해지기 시작했다. 600개 남짓한 피드를 하나하나 모두 확인했다. 유명 브랜드에서 주최한 익스클루시브 파티에 초대되고, 애인과 발리 여행을 떠나고, 하이레그 수영복을 입고 화보를 찍고, 공구한 레깅스가 3차 품절된 모든 순간을 염탐했다. 행복하고 화려해 보이는 모습을 집착에 가까우리만큼 확인했다. 고양이 오줌 냄새가 어렴풋이 밴 이불에 누운 채로 말라붙은 눈꼽을 떼며 한 시간 가량이나. 그리고 생각했다.

참 이상한 일이다.

나쁜 사람은 벌을 받는 줄 알았는데.

그건 미신이다. 단언하는 걸 조심스러워 하는 편이지만 이건 확실하다. 나쁜 사람은 벌을 받을 수도 있고 벌을 받지 않을 수도 있다. 착한 사람도 그렇다. 착하거나 나쁘거나, 벌을 받거나 안 받거나. 이 둘 사이에는 유의미한 상관관계도, 인과관계도 없다. 나쁜 사람이 언제고 벌을 받을 거라는 생각은 명백한 미신이고 그저 바람이다.

금요일 오후에 회사에서 일하고 있는데 외주 작업을 의뢰한 업체에서 1차 작업물이 왔다. 수정할 부분이 꽤 많았다. 메일로 요청 사항을 하나씩 꼼꼼하게 적다가 잠깐 멈칫했다.

'월요일 아침에 확인할 수 있게 보내 주세요'라고 쓸까?

지금 나의 상사는 외주업체를 잘 쥐어짜는 것을 업무 능력이라고 생각하는 사람이다. 주말에도 일하게끔 일정을 무리하게 요청해 놓았다고 말하면 히죽거리며 좋아할 사람이다. 나의 업무 평가가 조금 올라갈지도 모른다. 게다가 완성도를 생각하면 업체에 어느 정도 압박을 주는 게 좋을 수도 있다. 이렇게 '쪼아대지' 않으면 무르거나 만만하다고 생각해서 다른 일보다 우선순위를 낮출지도 모른다.

하지만 '화요일 오전에 확인할 수 있게 부탁드립니다'라고 적는다. 내가 공정하고 배려심 넘치는 좋은 사람이어서가 아니다. 미신에 휘둘리는 사람이기 때문이다. 나쁜 짓을 하면 벌 받는다. 남의 눈에서 눈물 나게 하면 내 눈에선 피눈물 난다. 모두 미신인 것들. 인과성 따위 하나도 없는 개별 사건들. 그러나 100일 동안 쑥을 먹고 인간이 된 웅녀의 후예답게, 제정일치 고조선의 백성답게, 미신과 샤머니즘의 세계로 기꺼이 몸을 던진다. 벌 받기 싫으니까. 내가 하기 싫은 일은 남에게도 시키면 안 되니까.

생각해 보면 결정적으로 세상을 움직이는 것은 결국 미신이다. 허상이다. 사랑, 국가, 정치, 공동체, 의지, 신념, 인간의 존엄성, 생명의 가치, 빨간색으로 이름을 쓰면 죽는다, 엘리베이터의 F층. 우리는 인과관계로 살지 않는다. 마음은 상관도의 좌표 밖으로 흐른다.

그러니까 내가, 30살 하고도 중반을 넘은 나이의 내가, 그 늦은 일요일 오전, 치솟아 오르는 울분을 참지 못한 나머지 책상에 굴러다니던 빨간색 볼펜으로 E의 본명인 이○○을 공책에 네 번 적은 일은 웅녀의 후예라서 저지른 자연스러운 행동이었음을.

인과응보의 주문

나를 아프게 한 사람이 그로 인해 불행해지기를 기원하는 주문.

그믐달이 떠오른 새벽에 달을 바라보고 박수를 치며 '라해망 삭

폭 라해망 라해망'을 반복해서 외친다. 효과는 확인된 바 없으며

만일 효과가 있다 하더라도 그 사람의 불행이 나의 행복을 보장

해 주지는 않는다.

따돌림을 당할 때는 약해 보이면 안된다

미소 짓고

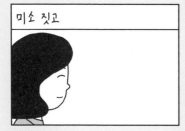

턱을 들고

당당하게 걷는다

끌팁

반에서 제일 마음이 여린 친구에게
말을 걸어 본다

안녕

응?

혹시 음악실
같이 갈래?

공부를 열심히 한다. 등수가 높으면
학교의 관심을 끌 수 있다.

울림 소리

노란 무우

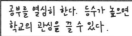

선생님들과 우호적인 관계를 유지하되
편애한다는 말이 나오지 않게 적당한……

장하다!

고마워

99

14

혼자 있기 싫은데
같이 있기도 싫다

내 경우, 인간과 말을 하지 않고 지내는 시간은 최대 72시간 정도가 적당하다. 그 시간을 넘기기 시작하면 가슴이 답답하고 묘하게 시간관념이 없어지면서 현실감이 떨어지고 멍한 상태가 지속된다. 96시간쯤 지나면 어쩐지 잠이 오고 행동이 굼떠지는데 도리어 신경은 예민해져서 내 덜렁거리는 팔과 다리가 꼴 보기 싫어진다. 최대 기록은 약 168시간으로 일주일에 해당한다.

당시 나는 석사논문 1차 디펜스를 앞두고 있었고 논문에 몰두한답시고 알바를 다 관두고 약속마저 미룬 채 집에 틀어박혀 있었다. 그렇게 딱 일주일, 왠지 이대로 있으면 큰일 날 것 같다는 위기감이 본능적으로 엄습했고 서둘러 의자에서 일어나 샤워를 하고 근처 마트로 나갔다. 그리고 샤프심 하나를 사서 계산대로 가져갔다. 계산원이 고개를 들지 않고 말했다.

"4백 50원이요."

"여기요. 감사합니다."

잔뜩 잠긴 목소리가 나왔다. 주머니에 샤프심을 넣고 나오는 길에 영문은 모르겠지만 비로소 살았다는 안도감이 들었다.

여기까지가 서귤이 자신의 생존에 필요한 최소인간대화량, 약어로 CID(Choisso Ingan Daehwaryang)라 부르는 개념을 탄생시킨 배경이다.

몇 번의 임상 테스트를 거친 결과 나의 적정 CID값은 80/day이다. "4백 50원이요", "여기요. 감사합니다" 같은 대화를 하루에 80번 정도 하는 것이 몸과 마음의 항상성을 유지하는 데에 가장 적절하다는 의미다. 그러나 보통 회사에 출근하면 점심시간 전에 80 CID를 돌파하고, 퇴근 전에는 200~300

CID를 기록하는 게 보통이다. 릴레이 회의라도 있을 때는 600 CID를 상회하는 경우도 생긴다. 퇴근 후 내가 녹초가 될 수밖에 없는 이유다. 회사에서처럼 의무적인 의사소통만이 CID 지수로 측정되는 것은 아니다. 친구 혹은 연인이나 가족과의 대화도 예외는 없다. 어쩌다 신이 나서 잔뜩 수다를 떨고 난 날에는 순식간에 800 CID 정도를 기록하고 후들거리는 다리를 끌고 집으로 돌아온다. 그리고 난 다음 날에는 하루 종일 누워 있어야 한다.

적정 CID 값이 낮은 탓에 많은 오해를 샀다. 사회성이 떨어진다거나 인간을 싫어하냐는 힐난은 예사였다. 연인에게 차이고 친구와 가족에게 실망을 안겼다. 그래서 무리한 CID 지수를 기록하면서 사람들과 억지로 어울리다 보면 몸이 아팠다. 몸살이 나거나 방광염이 도지고 임파선염의 일종인 기쿠치병이 재발했다. 오래 살고 싶어서 노력을 멈췄다. 내 주변에는 소수의 사람들이 남았다. 죄다 나처럼 CID 값이 떨어지는 이들뿐이었다.

어느 날 엄마는 이런 내가 불쌍하다고 울었다. 이모를 통해 들어온 선 자리에 나가기 싫다고 싸우던 중이었다. 그렇게 평생 외롭게 살 거냐고 말하는 엄마의 눈시울이 붉어졌다. 조금 당황스러웠다. 나는 오랜 시간 최선을 다했다. 타인과 맺을 수 있는 최적의 접촉 면적을 찾아내려고 최대와 최소 사이에서 온몸을 부딪혔다. 다치고 찢기고 멍이 들면서 겨우 불완전하게나마 타협점을 찾았다. 불쌍하다고 울지 말고 대단하다고 칭찬해 줬으면 좋겠는데. 슬쩍 눈치를 봤다. 엄마는 화가 나 있었고 완고했다.

이렇게 답이 없는 실랑이를 벌이다 보면 그만두고 내 집에 가고 싶다. 그리고 내 집에 있다 보면 엄마가 보고 싶다. 지금부터 이 심리를 설명하기 위해 최소엄마접촉량, 줄여서 CUJ 개념을 적용하기로 한다. 이 개념에 따르면 서귤의 적정 CUJ 값은······.

호모청개구리

진화 과정에서 멸종한 것으로 추정되는 사람속. 약 50만 년 전에 나타났으며 네안데르탈인, 호모사피엔스와 동시대를 살았던 원시인류다. 주요 활동 지역은 유럽과 중앙아시아. 2011년 호모청개구리 화석에서 추출한 유전자 분석에서 현생 인류와 약 1에서 5퍼센트가량 일치하는 DNA가 발견되면서 호모사피엔스와 유전자를 교환한 것으로 밝혀졌다. 일부 현생 인류가 주어진 상황 및 요구사항과 꼭 반대로 행동하려고 드는 특성은 이러한 호모청개구리의 유전자에서 기인한 기질로 보인다.

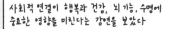

사회적 연결이 행복과 건강, 뇌 기능, 수명에 중요한 영향을 미친다는 강연을 보았다

로버트 윌딩어
〈행복에 대한 최장 연구가 알려 주는 좋은 삶에 대한 교훈〉
TEDxBeaconstreet

아니 엄마 내가 방금 퇴근했다니까요

그니까 밥을 이제 먹어야지

회사밥 실엉

그래, 사회적 연결!

사회적 연결을 만들어야 돼!

다 급

← 목숨에 대한 집착 강한 편

주말엔 집에 있어야죠

주말에 나가는 사람도 있어?

다음 주?

하지만 평소 사회적 고립을 자처해 온 서울

갑자기 사회적 연결을 어디서 만들지?

아하

아니 그냥 간식 먹다 심심해서

응?

딸이 전화 자주 하니까 엄마가 행복해?

엄마

나여

사회적 연결 퀵서비스

이해타산적인 편

에엑 나도 그런데

힝힝, 뭐 먹냐고요?

다이제

얼결에 행복해지는 편

105

15

청첩장을 받으면 귀찮고
안 받으면 섭섭하다

묵은 대출금을 다 갚은 어느 날, 가슴이 벅차올라 누구에게라도 얘기하지 않으면 못 견딜 거 같은 느낌에 회사 탕비실에서 만난 과장님에게 대뜸 말을 걸었다.

"저 좋은 일 있어요."

커피를 뽑고 있던 과장님이 물었다.

"결혼해?"

"엥? 결혼이 좋은 일이에요?"

결혼이 좋은 일일까? 나쁘거나 슬픈 일은 아니다. 그러나 나쁘지 않다는 게 좋다는 의미는 아니니까. 아마도 '나쁘다' 와 '좋다' 사이의 수많은 스펙트럼 그 어디쯤. 혹은 내일의 일출이 5시 17분이라거나 올림픽이 4년마다 개최되는 것처럼 별다른 가치가 개입되지 않은 그저 하나의 사건에 가까운지도 모르겠다.

그렇지만 청첩장을 받으면 매번 로봇처럼 이렇게 말한다.

1. 와!

2. 청첩장 예쁘다.

3. 축하해요.

대개는 고맙다고 하지만 조금 친한 사람은 아리송한 얼굴로 웃으며 이렇게 대꾸하기도 한다.

"이게 축하받을 일인지 모르겠네."

"뭐, 울 일은 아니잖아요?"

그러나 청첩장을 받은 나는 매번 조금 울고 싶어진다. 문제는 시간이다. 씻고 치장하는 데 1시간, 가는 데 1시간, 가서 1시간, 오는 데 1시간. 총 4시간의 주말 한낮을 쓰는 데다가 진짜 문제는 내가 워낙 극단적인 내향성 인간이라는 점이다. 한꺼번에 그렇게 많은 사람들 사이에 있다 보면 한나절을 꼬박 혼자 누워 있어야 스트레스가 풀리는 까닭에 황금 같은 주말 하루가 통째로 날아간다. 그래서 미안하더라도 축의금만 보내는 경우가 대부분이나 이번엔 피하지 못했다. 일전에 농담으로 연간 3회 결혼식 할당제를 운영하고 있다고 흰소리를 해 댔더니 그걸 기억한 후배 녀석이 무려 1월 2일에 연락을 해 왔다. 7월 초에 결혼식이 있다며 의기양양한 목소리로.

연락해 온 신랑은 대학 동아리 후배였고 신부도 마찬가지로 같은 동아리의 동기인 데다가 졸업 후에도 꾸준히 만나는 사이라, 그 결혼식은 어지간히 연을 끊고 싶지 않거든 참석하는 게 맞았다. 그곳에는 개차반으로 얽어 놓고 도망쳐 버린 내 20대 초반의 인간관계가 도사리고 있을 거였다. 벌써부터 숨통이 조여 왔다. 한결같이 어색하거나 불편한 선후배와 동기들, CC였다가 지지부진하게 헤어진 2명의 전 애인들까지.

그래서 답지 않은 실수를 했다. 늦게 나오는 바람에 신부대기실에서 사진을 못 찍은 것이다. 원피스를 다섯 번째 바꿔 입었던 게 패착이었나. 교수님의 부름에 한껏 세련된 옷차림을 하고 나갔다가 플랫슈즈를 신고 등산을 시작한 새내기처럼 후회와 피곤으로 찌든 낯을 하고 하객 촬영을 기다리던 중이었다. 친구들 나오시라는 사진사의 목소리를 듣고 꾸물꾸물 몸을 일으키는 찰나, 누군가와 눈이 마주쳤다.

F는 같은 동아리에서 활동하던 후배였다. 매해 인원 부족으로 사라질 위기에 처하면서도 질긴 명맥을 가까스로 유지하고 있던 민중가요 노래패였는데 당연히 인기가 없는 동아리였다. 그리고 그 인기 없는 동아리에서마저 F는 아웃사이더였다. 그래서 마음이 갔다. 밖에서 만나는 일이 잦았다. 고작 1살 많으면서 선배랍시고 떡볶이며 닭갈비를 사면 F는 카페며 아이스크림 가게로 내 팔을 잡아끌었다. 술 한 방울 없이 자취방에서 밤새 수다를 떨며 과제를 저주했고, 시험을 외면하며 답이 없는 연애와 진로를 고민했다.

F는 공기가 많이 섞인 해면 같은 목소리로 나를 '언니야'라고 불렀다. 부산 사투리가 묻어 나오는 억양이었다. 항상 흔들리고 있던 사람이었다. 마찬가지로 흔들리는 사람이라서 알 수 있었다. 그때 나는 우리가 비슷한 정서를 공유하고 있다고 생각했다. 말로 표현할 순 없지만 서로의 눈빛에서 느껴지는 이 특별한 슬픔과 잦은 서러움을 우리만이 이해한다고 믿었다.

F가 유모차에 손을 얹은 채로 나를 쳐다봤다. 옆에는 모르는 얼굴의 남자가 서 있었다. 결혼하고 아이도 낳았구나. 그

모든 사실을 나는 몰랐다. 인사할 틈도 없이 사진사의 지시에 맞춰 우르르 인파 속에 자리를 잡았다. 렌즈를 바라보고 어색하게 웃었다.

F가 청첩장을 줬다면 귀찮았을 것이다. 앞에선 축하한다고 꼭 가겠다고 말하면서 뒤에선 투덜거렸을 것이다. 오만상을 쓰며 아침에 일어나 옷을 갖춰 입고 결혼식장에 가서는 식은 보는 둥 마는 둥 사진을 찍고 밥을 먹었겠지. 남은 하루를 피로감에 시달리면서 말이다. 하지만 이 모든 일은 일어나지 않았다. 나는 가볍게 F의 세계에서 탈락했다. 그 사실을 뒤늦게 알았다.

오래도록 가라앉았다. 전 애인 1, 2와도 뻔뻔스레 농담 따먹기를 하고 돌아왔건만 그 사실 하나가 쉬지 않고 속을 후벼댔다. 그다음 주말이 되어서야 인정할 수 있었다. 그때 나는 F를 많이 좋아했다. 그리고 그 마음은 아마 일방적이었을 것이다.

슈뢰딩거의 하객

1982년 서울대 슈뢰딩거 교수가 고안한 사고실험. 결혼식 날, 기념사진에 찍히기 전까지 하객은 식장에 존재할 수도 존재하지 않을 수도 있다. 양자역학의 관점에서 봤을 때 사진 촬영 전까지 결혼식장에는 하객의 존재와 부재가 함께 있다.

결혼식에 가야 하는데 어울리는 가방이 없어요
좋은 가방을 살 돈이 없는데 어쩌죠?

ㅡ 라고
마동석 캥거루 님이
사연 주셨는데요

이럴 땐 보통

결혼을 계획하고 있는데 친구가 적어서
식장이 텅 빌까 봐 벌써 걱정돼요

ㅡ 라고
신림동 그럴싸 님이
사연 주셨는데요

이럴 땐 보통

가방을 아예 안 들고 가죠

"가방은 차에
두고 왔어 ~"
컨셉

하객 알바를 말씀드리는데, 좀 불편하시다면

서글~
축하해!

갑자기 분위기 쏠

저렴한 웨이스트 백도 괜찮은 대안이에요

허리에
차고

재킷을
잠그면
끝!

일단 기다려 보세요

전문가

인류의 환경 파괴로
코로나19 같은
감염병이 앞으로
더 자주 발생할 것

축의금 낼 때만 조금 주의하시면 돼요!

아이쿠
이게~왜~

아
잠~깐~
만~요~

……

주님

주님

복대로 고민 해결!

사회적 거리두기 타이밍을 노리면
하객이 적다고 오히려 칭찬받을 수 있어요!

시국으로 고민 해결!

112

16

장우혁이랑
결혼하지 못했다

장우혁은 누구인가.

1996년에 데뷔한 아이돌그룹 H.O.T.의 멤버로 포지션은 래퍼와 댄서이며 중학생인 나의 예비 남편이었다. 광주의 모 여자중학교에 재학 중이던 나는 이 사실을 널리 알리기 위해 책상과 의자와 도시락 가방과 필통에 그의 이름을 한글과 한자와 영어로 적어 놓고 사진도 붙여 놨으며 무슨 이유에선지 명찰도 파서 내 이름과 나란히 달고 다녔다. 엄마도 아빠도 친구들도 선생님들도 알지만 당사자인 장우혁만 모르는 약혼이었다. 심지어 나는 지방에 사는 미성년자라는 업보로 그의 얼굴을 직접 본 적도 없었다.

그러던 와중에 결정적인 사건이 하나 발생했다. 광주에 H.O.T.가 온다는 것이다. 십수 년이 지난 지금도 기억이 생생하다. 장소는 염주체육관. 시간은 오후 4시, 목요일. 한 음악 프로그램의 공개방송 녹화 스케줄이었다.

아침부터 소란이 일었다. 학교에는 비상이 걸렸다. 무단 조퇴하는 사람을 철저하게 적발해서 처벌하겠다는 방송이 매 시간마다 흘러나왔다. 그럼에도 불구하고 팬들은 점심을 먹자마자 풍선과 우비를 배낭에 쑤셔 넣고 학교를 뛰쳐나왔다. 그리고 나는, 장우혁의 예비 신부이자 H.O.T. 올팬이자 모범생에 반장이었던 나는, 학교에 남았다. 다음 날 오빠들의 실물을 영접하고 돌아온 아이들은 하루 종일 교무실에서 벌을 받으면서도 행복해했다. 나는 교실에서 고개를 푹 숙인 채로 이차방정식을 풀었다. 5형식 동사를 외우고 지구의 구조를 노트에 그렸다. 얼마 후 그룹이 해체했다.

학창 시절을 떠올렸을 때 가장 후회되는 일이 말도 꺼내보지 못한 절절한 짝사랑도 아니고, 동성 커플을 강제 전학시

킨 학교의 부당한 처사에 반발하지 못한 일도 아니며, 못다 이룬 청운의 꿈도 아니라, 바로 장우혁을 만나지 못한 이 사건이라는 점은 서글픈 일이다. 나는 가끔 내 이후의 삶이 이때 결정 나지 않았나 하는 생각을 한다. 모험과 일탈이 아닌 안전과 순응의 길을 선택한 내 인생의 시발점.

그 오빠들이 17년 만에 재결합 콘서트를 연다는 뉴스 기사를 보았다. 한 달 전이었다.

[피시방에서 해야 되는 거는 알지?]

[무통장입금이야 무조건]

[네이버 시계 깔고]

[링크]

[여기 티켓팅 연습하는 사이트!]

티켓팅 당일. 여기는 집 주변 새로 생긴 피시방. 나도 모르게 오른 다리가 덜덜 떨려 온다. 콘서트 경험이 많은 친구가 티켓팅 필승 비법을 하나하나 전수해 줬다. 조언에 힘입어 각종 유의 사항을 점검하고 가상 티켓팅 연습도 열심히 했다. 꼴깍꼴깍 침을 삼키며 애꿎은 예매 화면만 뚫어져라 쳐다보기만 몇 분. 시계가 59분 59초를 가리켰고 숨을 들이마시며 버튼을 클릭했다. 대기자 수 1만 5천 명. 이 정도면 양호하다. 오른 다리가 점점 더 거세기 떨리기 시작했다. 로딩 화면이 사라지고 좌석표가 나왔다. 오케이 됐어. 빨리 자리를 찍고 화면이 넘어가길 기다리는데, 기다리는데…… 안 넘어간다. 멈췄다. 하얀 화면만 떴다. 서둘러 다시 접속하니 대기자 수가 4만 명으로 늘어나 있었다. 아예 좌석표로 넘어가질 않아 그렇게 5여 분을 끙끙 앓다가 겨우 접속에 성공했더니 남은 좌석 0개.

이후로는 하이에나처럼 취소표 티켓팅에서 껄떡대다가 계속 실패하기만 했다. 결국 표 양도로 방향을 돌렸다. 다행히 정가로 표를 구할 수 있었다. 직거래로 표를 손에 쥔 날은 공연 날로부터 정확히 2주 전. 표를 얌전히 지갑 속에 밀어 넣는데 손끝이 바들바들 떨렸다.

공연 당일. 굿즈 구매는 일찍부터 포기하고 1시간 전에 도착해서 착석했다. 사람이 너무 많아서 정신없었는데 우르르 줄을 따라 걷다 보니 안에 들어와 있었다. 날이 추워 옷깃을 여몄다. 옆에 앉은 관객 2명이 서로의 자녀 사진을 보여 주며 광명시 키즈 카페 정보를 공유하고 있었다. 혼자 온 나는 주변을 둘러보며 시간을 보냈다. 여기가 잠실 주 경기장이구나. 남편과 같이 온 옆자리 사람이 자리를 바꿔 줄 수 있냐고 묻길래 흔쾌히 들어주고 초코바와 생수를 얻어먹었다. 틀어 주는 노래를 따라 부르며 기다리기를 한참, 조명이 어두워지며 인트로 영상과 함께 오빠들이 나왔다. 마침내 장우혁을 내 눈으로 보는 순간이었다.

시간이 어떻게 흘렀는지 모르겠다. 공연을 마치고 나오니 목이 쉬고 오른쪽 어깨가 빠질 것처럼 아팠다. 홀린 듯 걸어나와 콘서트 굿즈인 하얀 우비를 입은 사람들 틈에 끼어 지하철을 타고 집에 왔다. 감격해서 조금 울 것 같은 기분이었다. 심장이 두근거려 잠을 이루기 어려웠다. 괜히 숫자를 100부터 거꾸로 세는데 입이 자꾸 벌어졌다. 웃음이 비실비실 새어나왔다.

참으로 기념할 만한 날이었다. 그 절절했던 사랑 앞에서도 용기 내지 못하던 어린 나, 담 넘는 친구들을 힐끔거리며 홀로 방과 후 수업을 듣던 소심한 안경잡이 반장을 용서한 날이었다. 스스로를 오랫동안 한심해하는 건 정말 힘든 일이었다. 이제 나는 그걸 그만두어도 괜찮았다.

문득 발밑을 내려다보았다. 시발점에 선 기분이 들었다. 흰색 선 같은 것은 어디에도 그어져 있지 않았지만.

아침에 일어나면 청혼하러 가야겠다고 생각하며 이불을
끌어당겼다.

SEO의 청혼서

DHMK-998 구역에서 출토된 하드디스크에서 복원한 것들 중
하나로 청혼에 대한 구체적인 실행계획과 프러포즈 대사가 적혀
있는 엑셀 파일.

당대 결혼 풍습 및 언어문화를 확인할 수 있는 의미 있는 생활사
자료다. DHMK-998 구역은 고대지구국가 대한민국이 번창하
던 지역으로 구체적으로는 수도인 서울, 관악구에 해당한다. 이
문서의 작성자인 SEO는 성이 '우' 씨고 이름이 '혁오빠'인 상대
에게 절절한 사랑을 고백하며 프러포즈를 다짐한다. 청혼 실행
계획은 그가 운영하는 가게에 죽치고 앉아 하염없이 만남을 기
대하는 것이라는데 성패는 기재되어 있지 않다.

이 문서에는 'H.O.T.'라는 단어가 자주 등장하는데 고대지구어

해석에 따르면 '뜨겁다'는 뜻이다. SEO의 사랑이 얼마나 열렬했

는가를 엿볼 수 있는 부분이다.

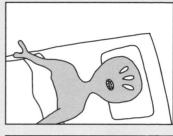

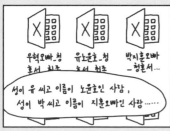

맞네 맞네

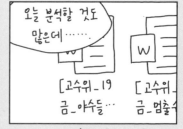

고대인의 사생활을 존중해 주세요

17

유독 못생긴 날이면
동창을 마주친다

헬스장에서 운동을 하고 나오면 당장 쓰러질 것만 같이 배가 고프다. 그 유혹을 이겨 내면 지방이 빠지고 근육이 들어차는 건데 몇 달간 버티고 버티다가 인생이 서러워져서 빵집에 들어갔다.

폭주하는 식욕이 나를 쇼케이스 냉장고 앞에 서게 했다. 쇼콜라 케이크, 치즈크림 케이크, 티라미수 중에서 2개를 살까 3개를 살까 고민하고 있는데 옆에서 누가 자꾸만 얼쩡거렸다. 낯선 얼굴이었다. 뒤로 물러났더니 그는 아예 몸을 돌려 다가오며 난데없이 내 이름을 불렀다.

"맞지? 나 김민정! 기억 안 나?"

김민정이라…… 아침마다 회사 커피머신 앞에서 만나는 퀭한 얼굴의 김민정 과장님은 아니고, 목소리가 짱구 엄마를 닮은 협력사 김민정 주임님도 아니고, 신입 사원 연수에서 만나 한시적 절친으로 지내다가 이제는 메신저 주소록의 프로필 사진으로만 근황을 확인하는 인사 팀 김민정 대리도 아니고, 대학 동아리 홈커밍데이 때 마주쳤던 욕을 찰지게 잘하는 김민정 선배도 아니고…….

"나 고등학교 때 학생회장 했던 김민정."

아!

근데 날 어떻게 알아봤지? 십수 년도 더 전에 본 얼굴이다.

표정을 읽었는지 민정이가 손가락으로 내 어깨 부근을 가리키며 경쾌한 목소리로 덧붙였다.

"아직도 이 옷 갖고 있었니? 깜짝 놀랐잖아."

나는 등판에 '해리근석과 쪼다들'이라는 글씨가 적힌 검정 티셔츠를 입고 있었다. 고2, 설핏 해리포터를 닮은 담임의 이름은 양근석이었고 우리를 '야, 이 쪼다들아'라고 불렀다. 나는 진짜 쪼다였기 때문에 그 말이 매우 싫었다. 하지만 많은 여자아이들이 이 해리근석을 좋아해서 반티에까지 흔적을 남겼다. 우리가 이 반티를 입고 나간 체육대회에서 응원상을 탔던가, 안 탔던가.

몇 번 눈을 깜빡이며 기억을 되짚는 사이 민정이가 손을 내밀었다.

"너무 반갑다. 이 근처 살아?"

"날 기억해?"

"네 이름이 워낙 특이해 가지고."

민정이가 눈을 거의 감는 것처럼 웃자 눈꺼풀 위에서 은은한 살구빛 섀도가 반짝거렸다. 깔끔하게 끝이 말린 단발머리를 하고 푸른색 투피스에 흰색 구두를 차려입은 모습이다. 나는 손바닥을 검정 반티에 한 번 쓸어 땀을 닦아 낸 뒤 민정이가 내민 손을 잡았다. 맞잡은 채로 흔들리는 손 아래로 무릎이 튀어나온 내 짝퉁 삼디다스 트레이닝 바지와 실밥이 틀어진 낡은 운동화가 어른거렸다. 멋쩍어서 쓰고 있던 모자를 눌러 봤지만 더 이상 들어가지 않았다.

민정이는 근처 법원에 출입하는 방송국 취재기자로 일하고 있었다. 동료 기자들과 스터디를 하기 위해 카페에 왔다고 했다. 뒤편에서 정장을 입은 멀끔한 사람들이 이쪽을 힐끔거리고 있었다. 빨리 나가고 싶었는데 민정이가 계속 말을 걸어서 대답도 횡설수설했다. 조만간 만나서 밥이나 먹자며 그가 내 스마트폰을 가져가 제 번호를 찍더니 자기 폰에 전화를 걸었다. 지구가 자전하는 것처럼 자연스러운 행동이었다.

케이크는 결국 못 샀다. 집으로 돌아와서는 침대에 눕자마자 스마트폰을 붙들고 예쁘고 비싼 운동복을 미친 듯이 뒤졌다. 결제 버튼을 누르고 나자 퍼뜩 정신이 들었다.

고등학교 때 민정이는 늘 무리의 중심에 있었다. 성격이 밝고 서글서글해서 일진부터 모범생에게까지 두루 인기가 좋았다. 싹싹한 데다 공부도 곧잘 해서 선생님도 예뻐하던 학생이었다. 키도 크고 모난 데 없이 단정한 생김새에 춤을 잘 추고 집에 돈도 많았다.

돌이켜 보면 민정이는 당시 내가 되고 싶었던 모든 것이었다. 의류수거함 안에서 자다 나온 것처럼 어딘지 쩔고 구겨져 있었던 18세의 나는, 관심 없는 척하면서도 내내 선망의 눈으로 민정이를 바라보고 있었다.

노는 무리가 달라 같은 반이었어도 좀처럼 가까워질 기회가 없던 차에 민정이가 학생회장 후보로 나갔다. 기회였다.

반 아이들 대부분이 민정이를 좋아하거나, 좋아하면서 질투하거나, 질투하면서 좋아하고 있었기 때문에 합심해서 요란스러운 선거운동에 나섰고 그 틈에 나도 자연스레 낄 수 있었다.

어느 아침 학교 후문에서 선거유세가 있었고 나는 맞은편에 서 있는 민정이에게 내가 널 위해 이렇게 진심을 다하고 있다는 점을 어필하기 위해 목청 높여 선거운동 노래를 불렀다. 등교하는 학생들이 잠시 뜸한 틈을 타 민정이의 옆에 서 있던 한 아이가 내게 말했다.

"좀 조용히 하면 안 돼?"

나는 별로 크지도 않은 눈을 휘둥그레 떴다.

"왜?"

"방해되거든?"

그 아이는 항상 민정이 옆에 붙어 있으면서도 가장 친한 친구는 못 되던 어중간한 애들 중 한 명이었다. 생각지 못한 말을 듣고 얼굴이 빨갛게 달아오른 나를 보더니 민정이가 그 아이를 향해 타이르듯 부드럽게 말했다.

"너무 심하게 하지 마. 나름대로 도와주려고 한 건데."

약간 난처하다는 듯이 눈을 찌푸리던 그 표정을 왜 나는 여태까지 기억하고 있을까.

깊게 심호흡을 했다. 쇼핑 사이트에 다시 들어가 결제를 취소했다. 실수를 수습했다. 민정이를 만난 게 너무 충격이라서, 묻어 뒀던 내 낡은 동경이 너무 적나라해서 그만 답지 않은 일을 할 뻔했다. 정신 차리라는 뜻에서 뺨을 손바닥으로 찹찹 두드렸다.

비싸고 예쁘고 화려한 운동복을 입는 일은 분명 신나는 일일 것이다. 민정이로 사는 일도 아주 멋지겠지. 하지만 나는 조금 헐렁한 무채색 옷을 입었을 때 운동에 더 집중할 수 있다. 그리고 무슨 수를 써도 민정이로 살 수 없다. 내가 나 이외의 어떤 존재도 될 수 없다는 사실은 그때의 나에게는 절망이었고 지금의 나에게는 위안이 된다.

마음 한구석에 남아 있는 열등감의 끝자락을 부여잡고 한참을 고민했다. 어차피 같이 밥 먹게 될 일은 없을 테지만, 굳이 번호를 삭제하는 것도 새삼스러워서 그냥 두기로 했다. 프로필 사진 속의 민정이는 하얀 원피스를 입고 멋진 카페에 앉아 웃고 있었다.

애써 다른 존재가 되려고 노력하지 않아도 된다. 오늘의 나는 그냥 내일의 내가 될 것이다. 그걸로 됐다. 내 프로필 사진은, 검은 코딱지가 낀 고양이 콧구멍이다.

식사 불능 플래그

언제 한번 밥이나 같이 먹자며 인사한 두 사람은 결코 밥을 먹지 못한다.

유독 못생긴 날에 외출을 하면

그래서 잔뜩 신경 써서 외출을 하면

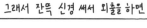

전 애인도 마주치고

아

어

저기……

파투 낸 선자리 주선해 주셨던
엄마 친구 분도 만나고

앗

어머

금요일에 전화로 싸운 회사 동료도 만나고

하하

아

네에?

인상이
너무
좋으세요

지구는 둥그니까

마음 공부 찬스 획득

18

국어교육과를 나왔는데
마춤뻡을 모른다

나는 국어교육과에 입학해서 한 변태를 알게 되었다. 맞춤법 변태였다. G는 대학에 입학하여 처음 사귄 여자 친구를 '안'과 '않', '되'와 '돼'를 구분하지 못한다는 이유로 차 버렸고, 남자애들이 자기들끼리 있을 때 쓰는 비속어를 참지 못해 주로 여자애들하고만 다녔다. 틀린 맞춤법이나 유행어, 비속어에 스트레스를 받아서 인터넷도 신문 기사 외에는 거의 보지 않는 아이였다.

혼잣말로 '△발'이나 '존나'가 무심결에 튀어나올 때가 있고 사이시옷과 몇 가지 맞춤법을 습관적으로 틀렸던 나는 그와 대화를 하거나 문자를 할 때 조금 긴장하곤 했다. 심지어 G는 학생회관의 줄임말인 '학관'이나 중앙도서관의 줄임말인 '중도'도 싫어했고 '팀플'이나 '리포트' 등의 외국어 표현도 부득불 '조별 과제', '보고서'로 고치기를 종용하고 다녔다. 아주 골치 아픈 친구였지만 어쨌든 그 문제 외에는 잘 맞는 구석이 있어 종종 어울려 놀았다.

"이렇게 올리려고 하는데 어때?"

G가 과방에서 학회 공지를 써서 보여 주었다.

"괜찮은 거 같은데?"

과제를 베끼면서 대강 대답했다. 잠시 후 G가 말했다.

"너는 평소에 '~하는 것 같다'라는 말을 많이 쓰더라."

"아, 그런 것 같네."

"왜 자기 의견을 말하면서 추측하는 표현을 써? 자신이 없는 거야, 확신이 없는 거야?"

조금 어이가 없어 가만히 있었더니 G가 한술 더 떠 말했다.

"난 이게 우리나라 사람들 말하는 방식의 문제라고 생각해. 특히 여자들. 왜 그렇게 방어적이고 수동적이야? 혹시 그

런 방식이 상대를 배려하는 말하기라고 생각해? 듣는 입장에
서는 되게 힘 빠지는데."

대학생이 되고 죽빵을 날리고 싶다고 생각한 적은 그때가
처음이었다.

G를 다시 만난 건 우연이었다. 회사 동료가 청첩장을 준다
며 초대한 강남역 부근의 한 스페인 음식점에서였다. 같은 층
에 우리 말고도 떠들썩한 직장인 테이블이 하나 더 있었는데
그 속에 G가 있었다. 서로를 알아보곤 반가운 마음에 두서없
이 인사를 하다가 각자의 테이블로 돌아갔다. 일찍 일어나야
해서 먼저 자리를 뜨며 옆 테이블을 봤더니 G가 보이지 않았
다. 인사라도 하고 가려 했는데. 아쉬운 마음으로 가게를 빠
져나왔더니 옆 골목에서 G가 전자 담배의 스틱을 갈아 끼우
고 있었다.

"원래 담배 피웠어?"

"석사논문 쓰다가."

G는 언어학과 대학원에 진학했다. 석사를 졸업한 뒤 모 기
업의 경영지원 팀으로 입사했다고 들었다.

"요즘 어떻게 살아?"

바로 가기 뭣해 옆에 서서 물었다.

"존나 버티면서 사는 것 같다."

G가 웃으며 전자 담배를 물었다. 입술에서 특유의 풀 냄새가 퍼졌다. 이 인정 없는 세계를 '존나' 버티며 조금씩 벼려진 인간만이 풍길 '것 같은' 텁텁하고 시큼한 냄새였다. 아주 익숙하고 조금 슬픈 배합. 내가 사랑하는 이들은 모두 그런 약하고 보잘것없는 체취를 내었으므로, 난 내가 곧 G를 좋아하게 되리라는 것을 알았다.

'존나'를 빼고는 발화를 완성하지 못하는 병

2010년대부터 한국에서 유행하기 시작한 감염병으로 10대 중후반 남자 청소년들 사이에서 본격적으로 발병하여 현재는 성별 불문 전 연령층에서 확진자가 속출하고 있다.

모든 문장에 '존나'를 넣지 않으면 대뇌피질의 언어기능이 활성화되지 않는 질병으로 야생 고라니로부터 온 JONNA 바이러스가 원인으로 지목된다.

일부 환자들의 경우 취직을 한 뒤 증세가 호전되는 모습을 보이나 반대로 취직 이후 분노 누적으로 인해 사적인 대화에서 '존나' 사용량이 많아지는 사례도 있어 후속 연구가 필요하다.

욕을 잘 못하는 아이

야 너 말 다 했냐?

다 했다

야 이 ×××야
너 한번만 나한테 ×져 볼래
××이 ×나 나대네

×발 ×나

이…이…

으영…윽
…으헙…
흐……

야.가자

죽여 버린다!

살인 예고

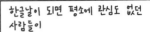
한글날이 되면 평소에 관심도 없던
사람들이

갑자기 언어 파괴니 한글 훼손이니 하며
어린 세대에게 생떼를 부리는 게 웃겼는데

몰라 싫어

내가 아는 말만
쓰란 말야!!

으에에

에에에

요즘엔 그런 얘기가 많이 줄어든 기분이다

다 우리 세대 덕분이지

?

우리가
청소년 때
역치를
높였거든

일종의
ㅁ충격요법™ㅁ
◎ㅑ랄(m)ㅏ

뭐래

외계어 네이티브 ⇨☆☞ 라떼로 변신

134

19

덕후가 실제 인간과
결혼을 한다

한 집단에서 두 덕후가 만나면 으레 미묘한 긴장 관계가 만들어진다. 서로의 덕질 분야가 완전히 다르면 오히려 무관심하거나 인정하거나 하며 평화를 찾는데, 미묘하게 겹칠 경우엔 대치 상태가 꽤 이어지기도 한다. 대학 동기인 H와 내가 그랬다.

기억한다. 신입생 오리엔테이션 날, 강의실에 들어서자마자 H에게서 시선을 뗄 수가 없었는데 그녀가 검은 옷을 입고,

짧은 단발머리로 얼굴을 가린 채 고개를 숙이고, 맨 뒷자리에 앉아 있었기 때문이다. 모두가 화사한 봄옷을 두르고 아기 참새들처럼 모여앉아 주위를 두리번거리고 있는 3월 2일의 강의실에서, 외따로 앉은 그녀의 모습은 뭔가 어둡고 아득하여 마치 당장 흑마법이라도 부릴 것처럼 범상치 않았다. 무언가에 끌리듯이 그녀 옆에 앉았다. 그렇게 자동으로 아웃사이더가 된 것도 모르고.

우리는 같은 2D 덕후였지만 세부 장르가 달랐다. 나는 일본의 만화 잡지 「주간 소년 점프」 같은 소년물, 한국 순정 만화, BL만화의 덕후였다. 그리고 3D 중에서는 한일 아이돌과 한국 배우를 같이 팠다. 반면에 H는 판타지와 SF 애니메이션, 대전 액션 게임, 라이트노벨의 열혈 팬이었다. 내가 만화책은 좋아하지만 애니메이션을 잘 보지 않는다고 말했을 때, H의 얼굴에는 거의 경멸의 빛이 스쳤다.

"넌 아직 세계의 절반밖에 모르는구나."

그러니까 H에게는 만화책과 애니메이션의 총합이 곧 세계 전체였던 것이다.

H는 특히 한 SF 애니메이션에 나오는 남자 주인공 Z를 무척 좋아했다. 그해 봄, 새내기가 되어 처음으로 가는 총엠티

에서 그녀는 고고하게 불참을 선언했다. 같은 날 열리는 '서울 코믹월드'에 가야 했기 때문이다. 행사는 한 해에도 몇 번씩 열리지 않냐고 묻자 별 어처구니없는 질문을 다 듣는다는 표정으로 그녀는 Z가 나오는 2차 창작 회지를 사려면 이번밖에 기회가 없다고 대답했다. 요즘 덕질 용어로 번역하면 소위 '금손 존잘님'들이 참여한 회지라는 열띤 설명이 뒤를 이었다. 나는 2차 창작에는 손을 대지 않기에 그 마음을 잘 이해할 수 없었다. 며칠 뒤 가평에서 익지 않은 돼지 목살을 먹고 소맥을 마시고 변기에서 토하고 현관에서 신발을 베고 잠들면서 생각했다. 그녀가 현명했다고.

10년이 넘는 시간이 흘렀고 어느 봄날 나는 H로부터 청첩장을 받았다. 솔직히 놀랐고, 묘하게 섭섭한 마음도 들었다. Z와 평생 함께할 것처럼 굴었잖아. Z 외에는 누구도 사귀고 싶지 않다고 말했으면서. 너도 결국 사회의 정해진 길을 따르는구나 싶어서 혼자 쓸쓸했다. 결혼식장 신부 대기실, H의 옆에 선 Z의 등신대를 발견하기 전까지.

우리는 안부 물을 생각도 못 하고 허리를 구부린 채 깔깔거리며 웃었다. 가까스로 허파를 진정시키고 나와 H, Z, 이렇게 셋이 사진을 찍었다. 오랜만에 본 Z는 여전히 툭 치면 쏟아질 것 같은 우수에 젖은 눈빛을 하고 있었다. H는 Z의 등신대를 신혼집에 가져다 놓을 거라고 말했다. 나는 이상하게도 몹시 즐거웠고 조금 울고 싶어졌다. 20살의 애정을 변함없이 간직한 친구가 너무 반짝거려서 눈이 시렸다.

미스터리 파일 #19

덕질 유전자

영국의 한 연구 팀이 최근, 덕질이 DNA와 관련이 있다는 논문을 발표했다. 덕통사고를 유발하는 THQOO5959라는 유전자 때문인데, 인간의 7번 염색체에 존재하는 이 유전자는 과몰입 항체 생성에 관여한다. 이것은 항체를 만드는 MUGGLE 타입과 만들지 못하는 AEMMY 타입으로 나뉘고 AEMMY 타입을 보유한 인간이 덕후로 발현한다.

이로써 '어덕행덕(어차피 덕질할 거 행복하게 덕질하자)', '입덕 부정기는 짧을수록 좋다', '내일은 내일의 최애가 뜬다', '휴덕은 있어도 탈덕은 없다' 등의 속설이 모두 유전공학적 근거가 있는 과학적 사실로 드러났다. 이 연구가 공개되자 전 세계 덕후들은 덕질이란 혈관 속 DNA가 점지하는 운명과 같다며 자부심과 흥분을 감추지 못하고 있다.

뭐라는 거야 이 오타쿠가

나가서 싸워라 이 오타쿠들아

부모님이 갑자기
프리허그를 한다

오랜만에 부모님 댁으로 들어서는데 현관에 있던 엄마가 갑자기 팔을 벌렸다. 혹시 날다람쥐 흉내를 내는 걸까? 이윽고 엄마가 두 팔을 막대기처럼 바둥바둥 흔들었다. 들어오지 말라는 건가? 급기야 먹살이라도 잡을 생각인지 엄마가 나를 향해 서서히 다가왔다. 나는 지금이라도 다시 문을 열고 도망가야 하나 고민하며 다리를 주춤거렸다. 우리의 거리가 30센티미터 이하로 줄어들자 엄마의 동공이 급격하게 흔들리더니 시선이 내 뒤에 있는 신발장으로 이동했다. 엄마는 신발장에 눈을 둔 채로-아마 이사업체 스티커를 보는 것 같았다-내 어깨를 부여잡았다. 비로소 나는 엄마의 행동이 무엇인지를 깨달았다. 포옹이었다. 우리는 가슴이 맞닿는 것을 피해 어정쩡하게 엉덩이와 허리를 뒤로 빼고 샅바를 잡듯이 서로의 등짝에 손을 갖다 대었다. 그래 이건, 내 생애 가장 어색한 포옹. 분명 그랬는데. '내 생애 가장' 같은 표현은 함부로 쓰는 게 아니라는 것을 바로 다음 순간 깨달았다. 뒤에서 아빠가 팔을 벌리고 있었다.

두 차례의 포옹을 마치고 너덜너덜해진 나에게 엄마가 선언했다. 앞으로 너희들-나와 오빠-과의 스킨십을 늘릴 거라고. 무슨 TV프로그램을 본 건지 아니면 책을 읽은 건지, 엄마는 이제껏 우리가 신체 접촉이 부족해도 너무 부족했다는 통렬한 반성과 함께 지금부터라도 스킨십을 통해 사랑을 적극적으로 표현하겠다는 강한 의지를 표명했다. 그럼 앞으로도 이렇게 쭈욱 어색한 포옹을 반복해야 한단 말인가? 나는 좀 식겁했지만 그냥 내버려 두자고 생각했다. 뭐든지 사람은 하고 싶은 대로 해야 행복하니까.

나와 오빠는 20살이 되었을 때 부모님 품을 떠났다. 언젠가 엄마가 내게 물었다. 자신들로부터 너무 일찍 떨어져서 외로운 나머지 고양이를 키우는 게 아니냐고. 20살은 독립하기에 그리 어린 나이가 아니고 고양이는 5살 때부터 키우고 싶었다고 대답했지만, 엄마는 듣지 않는 것 같았다. 외로운 사람은 내가 아니고 엄마가 아닌지 묻고 싶었으나 참았다. 내가 외로워서 걱정되는 게 아니라 외롭지 않을까 봐 걱정되는 건 아닌지 묻고 싶었으나 참았다. 그렇게 참는 말이 늘었다. 우리의 교집합은 점차 줄었고, 통화할 때는 날씨 이야기를 반복했다.

갑작스럽게 시작된 부모님의 포옹이 나를 위한 것이라기보다 그들 자신을 위한 것임을 안다. 달라질 대로 달라져 버린 서로의 세계, 그 간극에서 오는 불안과 쓸쓸함을 덜어 보려는 시도임을 안다. 내 세계를 그들의 입맛에 맞게 바꿀 생각은 없다. 하지만 이 포옹에는 힘써 응하고자 한다. 어색한 포옹의 정점에서 맡은 그들의 살냄새가, 경직된 토닥임과 애쓴 눈 맞춤이, 어깨의 촉감이, 이마를 스치는 숨결이, 퍽 정다웠으므로. 세계가 다르다고 서로를 사랑하지 못할 거면 사랑이란 건 애초부터 존재할 수 없다. 나는 내 방식대로 그들을 사랑하고 있다. 물론 스킨십에는 조금 훈련이 필요한 것 같지만. 특히 아빠와는 좀, 많이.

신체강탈자

1950년대 미국에서 소설과 영화를 통해 폭로된 외계생명체. 씨앗 형태의 외계인으로, 발아 후 콩깍지처럼 생긴 열매를 맺는다. 열매 안에는 복제 인간이 들어 있으며 해당 인간의 본체가 잠들면 바꿔치기 한다. 한국에도 진출한 것으로 추정되는데, 유명 엘리베이터 괴담 속 '넌 아직도…… 내가 네 엄마로 보이니?'라고 말하는 등장인물이 대표적인 사례다. 주변인들 중 하루 이틀 사이에 갑자기 성격이나 행동, 말투 등이 달라진 인간이 있으면 일단 신체강탈자로 의심할 필요가 있다. 물론 당사자에게 직접 물어보는 것은 금기인데 한 대 맞을 수 있기 때문이다.

수상하다

수상하다

아빠가 아빠가 아닌 것 같다

엄마가 엄마가 아닌 것 같다

나에게 수박 가운데를 양보하다니?

딸,
큰거 먹어

내가 산 옷을 칭찬하다니?

옷
예쁘네

대체 누굴까

챱챱

대체 누굴까

안과를
예약해야
하나

서종규

한정숙

145

3장

유비무환이
해피엔딩

21

엄마가 거짓말을
못 하는 병에 걸렸다

엄마는 나에게 정직함이라는 미덕을 가르쳐 주었다. 본인의 말과 삶을 통해. 가령 내가 장난으로 "엄마 난 정말 착한 것 같아. 이래서 이 험한 세상을 어떻게 살지" 하고 하소연한 적이 있는데 엄마는 "너 안 착해" 하고 말씀하시고 "딸아, 너는 좀 싸가지가 없는 편이야" 하고 화장실 앞까지 쫓아와 얘기해 주었다. 진정 나 자신을 돌아볼 수 있도록 계기를 만들어 주는 엄마의 곧고 바른 성정에 놀라고 말았다.

특히 엄마의 정직함이 빛을 발하는 부분은 외모와 관련된 쪽이다. 몇 달에 한 번씩 엄마를 볼 때마다 나의 피부 노화 상태에 대해 압구정 성형외과 실장님 뺨치는 평을 들을 수 있다.

"딸! 코에 뭐 묻었는데. 헉, 모공이야?"

이 정도는 마음의 상처 축에도 들지 않는다.

"왜 벌써 눈가에 주름이 지지? 엄마가 네 나이 때는 안 그랬는데"라며 나보고 앞으로 웃지 말라고 하는 건 좀 너무한 것 같고.

"손이 너무 거칠다. 핸드크림 안 써? 어째서 60대인 엄마보다 손이 뻣뻣해? 저번에 엄마가 누구랑 악수를 했는데 손이 어쩜 그렇게 부드럽냐며 잡고 만지고 난리가 아니더라."

솔직히 내 손이 더 부드럽다.

"나를 안 닮아서 넌 다리가 좀 짧은 것 같다."

엄마나 나나 도긴개긴이다.

좀 열받아서 한번은 엄마를 마중 나가며 화장을 열심히 했더니 엄마가 굉장히 좋아했다. "봐라. 너도 할 수 있잖아!"라며 앞으로 계속 화장하고 다니라길래 왠지 배알이 꼴려서 다음부터는 안 했다. 엄마는 정말 정직하다. 그리고 나는 성격이 좀 나쁜 게 맞다.

단호박 같은 엄마의 모습들 중 내가 기억하고 있는 가장 인상적인 장면은 버스에서의 한때였다. 내가 유치원에 막 들어갔는지 아니었는지 헷갈릴 정도로 어린아이였을 때다. 버스 의자에 앉아 몸을 뒤로 돌려 엄마를 쳐다보며 말했다.

　　"나는 엄마가 세상에서 제일 예쁜 것 같아."

　　엄마는 답했다.

　　"그건 내가 네 엄마라서 그런 거야."

　　그리고 웃었다. 차창 밖에서 햇빛이 들어와 엄마의 얼굴이 반짝거렸다.

　　"세상에는 엄마보다 예쁜 사람이 아주 많아."

　　엄마가 저렇게 예쁜데 그보다 더 예쁜 사람이 존재할 수 있다니! 작은 나는 아주아주 큰 충격을 받았다.

　　최근 부모님이 25년 동안 살던 집을 정리한다고 해서 내 옛 물건들을 처분하려고 들렀다. 학창 시절의 온갖 흑역사에 치를 떨며 쓰레기봉투를 채우는데 색 바랜 종이 상자가 하나 나왔다. 열어 보니 그 안에는 사진과 필름이 가득했다. 그중 한 장의 사진에 눈이 오래 머물렀다. 어린 나를 젊은 엄마가 안고 있는 모습이었다. 그 젊은 엄마는 정말 예뻐서, 거의 세상에서 제일이라고 할 수 있을 정도로 예뻐서, 나는 여태까지의 생각을 수정해야 했다.

난 엄마가 늘 진실만을 말한다고 생각했는데, 그 옛날 버스에서의 엄마는 거짓말을 했던 건지도 모르겠다고.

엄마

전설 속의 존재. 자녀를 위해 모든 것을 희생하고 헌신하며 절대적인 사랑을 퍼붓는다. 현실 세계에 존재하는 '엄마'와는 동음이의어로 유사성이 없다.

보증서 포함

내가 널 그렇게 가르쳤니

봉준호 감독이
내 책을 읽었다

아빠가 가끔 내 이름을 포털사이트에 검색해 본다는 건 알고 있었다. 어차피 나오는 글이 별로 없기에 크게 신경 쓰지 않았다. 가끔 "너 북토크한다며, 내 앞에서도 토크 좀 해라", "너 사인회한다며, 나도 해 줘라. 깔깔깔" 하고 말씀하셔서 내 활동에 관심이 있구나 생각했을 뿐이다.

그러나 아빠의 입에서 인스타그램 얘기가 나왔을 때는 순간 굳을 수밖에 없었다.

"서귤의 인스타그램이 뭐냐? 팔로워 3만 619명이 뭐냐?"

동공지진이라는 단어를 온몸으로 표현하며 가만히 서 있었다. 과연 아빠에게 인스타그램 계정을 들킬 위기에 처한 딸이 취해야 할 올바른 태도는 무엇인가?

1. 인스타그램에 대해 자세히 설명하고 아빠에게 계정을 만들어 준 후 맞팔을 한다.

2. 얼버무리고 딴소리한다.

"아빠, 저번에 밴드에 올린 사진 중에서 빨간 꽃 사진 찍은 곳이 어디였지?"

고창 선운사. 그리고 답은 당연히 2번이지.

아빠는 2권의 시집을 냈고 한 온라인 신문사에 여행기를 올리는 기자로 활동했다. 일하면서 작품 활동을 하는 투잡러의 삶을 몸소 보여 주셨고 그걸 배워서 내가 이 사서 고생을 하고 있다. 다 아빠 때문이다.

그건 그렇고 독립출판으로 책을 냈을 때 한동안 부모님께 숨겼다. 책에 반영된 내 자전적 고통을 보고 엄마 아빠가 마음 아파할 것이 염려되었다. 오픈하게 된 계기는 별게 아니었다. 방에 내 책 5백 권이 쌓여 있는데 부모님이 집에 오신다니까 그걸 숨길 곳이 없었기 때문이다. 책을 읽고 아빠의 반응은 이랬다.

"그림이 좀 약하다."

그리고 내가 서운해할까 봐 덧붙였다.

"소재는 요즘 사람들이 아주 좋아할 것 같네."

엄마는 책 내느라 회사 일을 게을리하면 안 된다고 엄하게 말씀하셨다. 나는 엄마 아빠가 날 걱정하면 어쩌지 고민하며 불태운 칼로리가 아까워 속이 쓰릴 지경이었다.

이후로 아빠는 종종 내 작품 활동에 대한 본인의 생각과 주변의 의견을 수렴하여 들려주곤 한다. 대부분 "네이버 웹툰! 거기에 올려 봐라!", "드라마가 최고다! 재미난 걸 써서 드라마로 만들어라! 캐스팅은 김태리" 등 피와 살이 되는 조언이다. 엄마는 내가 회사를 그만두겠다고만 안 하면 뭘 하든 일절 신경 안 쓰는 것 같다. 아무튼 그런 생산적인 피드백이 오고 가던 도중에 아빠로부터 전화가 왔다.

"딸아! 봉준호 감독이 네 책을 봤나 보다!"

응? 이게 무슨 소리람? 흥분한 아빠를 진정시키고 이야기를 들어 보니 방금 영화 소개 프로그램에서 〈옥자〉가 나왔는데 내가 쓴 『고양이의 크기』와 내용이 비슷하다며 봉준호 감독의 서귤 레퍼런스설을 제기한 거였다. 그래. 비슷하긴 하다. 주인공이 여자고 크기가 큰 동물과 함께 온갖 역경을 헤쳐 나간다는 점…… 근데 그게 전부인데…….

존경하는 봉준호 감독님, 안녕하세요? 감독님이 제 작품에서 영감을 받아 〈옥자〉를 만드셨다는 설을 저희 아버지께서 강력히 제기하고 계시니 와서 좀 말려 주시길 요청드립니다. 이와 관련된 공식 입장 기다리겠습니다. 팬입니다.

서귤 드림

부치지 않은 편지

21세기 초중반 출판계를 풍미했던 대문호 서귤이 봉준호 감독에게 썼다고 전해지는 편지. 오랫동안 존재한다는 기록만 남아 있을 뿐 실체를 확인할 수는 없었으나 최근 경남 함양군의 고서점에서 발견되어 세상에 공개됐다.

2021년 RHK에서 출간한 서귤의 『인생은 엇나가야 제맛』에 실린 이 편지는 서귤의 작품 세계에 큰 영향을 준 아버지에 대한 언급과 함께 봉준호 감독과의 만남을 고대하는 소박한 마음이 담겨, 보는 이들을 미소 짓게 한다.

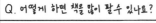

Q. 어떻게 하면 책을 많이 팔수 있나요?

셀럽이 내 책을 읽어 주면 됩니다

책이 나오면 출판사에서 유명인에게 홍보 삼아 책을 보낸다

작가님 지금 책 보낼 셀럽 리스트 만드는 중인데

Q.어떻게 하면 셀럽이 내 책을 읽어주죠?

셀럽과 친분을 쌓으면 됩니다

친한 셀럽 있으세요?

어휴~ 있을 리가요

Q. 어떻게 하면 셀럽과 친분을 쌓죠?

작가가 셀럽이 되면 돼요

친한 인간 자체가 거의 없는 걸요!

Q. 어떻게 하면 작가가 셀럽이 되죠?

책을 많이 팔면 되죠!

간단

있는 게 뭐예요?

님

질긴 목숨

충분

23

넘어지려는 반대 방향으로
핸들을 돌려야 한다

비장한 각오로 집에서 가장 두꺼운 청바지를 꺼내 입었다. 힘내라, 내 무릎. 초가을치고는 더운 날이었지만 코듀로이 셔츠도 껴입었다. 기운 내, 내 팔꿈치. 운동화를 신고 나가야 하는데 현관 앞에서 차마 발이 떨어지지 않았다.

오늘, 자전거를 배우기로 했다.

바퀴 달린 것을 다 무서워한다. 한때 유행했던 롤러스케이트, 인라인스케이트, 보드들을 한 번도 타 본 적이 없다. 바퀴 달린 신발도 싫어해서 근처에도 안 갔다. 당연히 면허 딸 생각이 없었으므로 오토바이니 스쿠터니 자동차니 하는 것들의 운전대도 잡아 본 적 없다. 자전거는, 글쎄, 어릴 때 사진을 보면 세발자전거는 탔던 것 같기도 하고.

라이딩 복장으로 나타난 나의 연인은 양손으로 곱게 자전거를 붙들고 지하철역 앞에 서 있었다. 사랑하지만 솔직히, 솔직히 저 옷은 그만 입었으면 싶었다. 특히 핫딜 특가로 구입했다던 네온색의 5부 라이딩 팬츠…… 오늘 팔당댐까지 달리는 것도 아니고 그냥 동네 공터에서 왕초보 자전거 수업인데 쫌…….

하지만 방긋 웃었다. 아무리 가까운 사이라도 패션에 대해서는 함부로 언급하지 않는 게 좋지. 주황색 자전거 자수가 놓여진 연인의 후드집업 주머니에 손을 집어넣으며 명랑하게 걸었다. 사실은 그렇게까지 즐겁진 않았다.

연습 장소는 빌라촌 사이의 주차장이었다. 오전이라 차가 없었다. 우둘투둘한 시멘트 표면을 내려다보니 벌써부터 살갗이 까지는 것 같은 아픔이 느껴졌다. 아랫입술을 깨물며 안장 위에 올라탔다. 연습 시작이었다.

"자전거가 넘어지려고 하는 방향으로 손잡이를 돌려야 해."

"넘어지려는 반대 방향으로 손잡이를 돌리라는 거지?"

"넘어지려는 방향으로 돌려야 한다고."

입력은 됐는데 출력이 안 되서 가만히 있었다. 무슨 소리일까.

아무리 내가 자전거에 대해 일자무식이라도, 상식적으로 자전거가 넘어지려고 하면 넘어지려는 반대 방향으로 핸들을 돌려야 하는 게 아닐까? 혹시 자전거의 바퀴와 페달과 체인의 세계에는 내가 알지 못하는 제3의 물리법칙이 적용되는 걸까? 머릿속에서 꾸물꾸물 엔트로피가 증식해 나간다. 어딘가에서 슈뢰딩거의 고양이가 짖는 소리가 들려온다…….

나는 연인의 지시에 따라 발에 힘을 주었다. 페달을 돌리자마자, 자전거가 옆으로 기울었고 나는 당당하게 그 반대 방향으로 손잡이를 꺾어 무참히 시멘트 바닥과 조우했다.

"반대쪽이 아니라 넘어지는 쪽으로! 꺾어야지."

내 우주에 적용되는 물리법칙과 반대인 행동을 하려니 돌아 버릴 것 같았다. 계속 넘어지기만 했다. 어린 나는 왜 자전거 타는 법을 배우지 않았을까? '나이 들어서 엿 먹어 봐라' 이런 마음이었을까? 이 얌생이 같은 에미나이 같으니.

결국 1시간 반 동안 1미터도 나아가지 못했다. 못 말리겠다는 듯이 연인은 헛헛하게 웃으며 내 머리카락을 쓰다듬었다. 나는 분해서 씩씩거리는 척을 했다. 제발 그의 눈에 내가 귀여워 보였으면 하는 마음에.

우리는 취준생이었고 함께 취업 스터디를 했다. 나는 다섯 군데 면접을 보고 두 군데 합격을 했지만 나의 연인은 끝내 모든 곳에서 고배를 마셨다. 그가 떨어진 기업 중에는 앞으로 내가 다닐 곳도 있었다. 그는 축하해 줬지만 나는 이 기울어진 시소가 못내 불안했다.

오늘의 자전거 수업은 그가 나보다 잘하는 것이 있다는 걸 확인시켜 주기 위한 내 나름의 퍼포먼스였다. 그의 열등감이 우리 사이를 망가뜨릴까 두려웠다. 나는 이상한 방법으로 발버둥치고 있었다. 내게서 떠나가는 그의 마음이 그날의 네온색 라이딩 팬츠처럼 선명했기 때문이다.

이별 가속도의 법칙

일단 이별을 예감했다면, 이를 막아 보려 발버둥질하면 할수록
마지막 순간이 더 빨리 다가온다는 법칙. 저항력과 속도가 정비
례하는 특수사랑법칙으로 일반물리법칙에 위배된다.

이별할 때마다 궁금한 것

나 그래도 그동안 꽤 괜찮은 애인이었지?

우리는 서로를 사랑했을까.
사랑하는 자신을 사랑했을까?

하하

노력

결말

24

결제하고 나면
세일이 시작된다

지금부터 눈치 게임을 시작하겠습니다.

일!

20살의 당신은 시끄러운 술집에 앉아 있습니다. 양이 많고 저렴한 안주가 강점인 이 술집에는 신입생 환영회에 이어 벌써 두 번째 방문이죠. 오늘은 개강 총회라고 하는데 어차피 술 마시려고 모인 거 지난번과 뭐가 다른지 잘 모르겠습니다.

이름이 김유나와 김윤아 중에 하나일 것으로 예상되는 2학년 선배가 모서리에서 갑자기 "일!"을 외칩니다. 그러자 삽시간에 조용해지는 테이블. 옆에 있던 다른 선배들이 연달아 "이!", "삼!"을 외치네요. 지금 무슨 일이 일어나고 있나요? 얼추 숫자를 외쳐야 한다는 걸 알아차린 당신이 급하게 "사!"를 질러 보지만 동시에 같은 단어가 들리네요. 맞은편에 앉아 있던 동기입니다. 환호하는 소리가 들리고 얼떨결에 둘은 벌주를 건네받습니다. 인상을 쓰고 막 원샷을 하려는데 동기가 술잔을 뺏어 대신 마셔 주네요.

첫 눈치 게임, 첫 흑기사, 그리고 두 달 뒤에 런칭할 당신의 첫 연애가 여기서 시작됩니다.

이!

당신은 대학생이지만 당신의 연인은 직장인이죠. 야근으로 바쁜 연인 때문에 당신은 요즘 과제할 시간이 아주 많습니다. 내일은 모처럼의 공휴일. 드디어 데이트입니다. 피곤에 지친 당신의 연인은 은근히 자취방 데이트를 원하는 것 같네요. 하지만 집에서 배달 음식을 시켜 먹고 노트북으로 영화를 보다가 성행위 혹은 유사 성행위를 하고 남은 시간엔 모자란 잠을 보충하는 이 뻔한 패턴이 당신은 지겹습니다.

고민 끝에 연인을 놀이공원으로 끌고 왔어요. 날씨가 흐려 나들이 나온 사람이 많지 않을 줄 알았거든요. 그런데 아뿔싸, 핼러윈데이를 3일 앞둔 금요일 밤 11시의 이태원 사거리도 여기보다 붐비진 않겠네요. 눈치 게임에 패배한 당신은 싸늘한 연인의 눈치를 보며 차가운 추로스를 먹고 회전목마를 탑니다.

2주 뒤에 이별 통보를 받으며 당신은 후회하죠. 그때 내가 놀이공원에 가자고 하지만 않았더라면 더 오래 사귈 수 있지 않았을까? 정답은 '아니오'입니다. 계기는 상관없어요. 마음이 떠났잖아요.

삼!

좋아하는 사람이 생겼습니다. 직장인이 되고 주변에 결혼하는 친구들이 늘어나면서 연애에 신중해진 당신으로서는 상당히 오랜만에 겪는 설렘이었죠. 하루에 두세 번 연락하고 주말마다 만나서 밥을 먹은 지 이제 두 달. 먼저 고백할까 하다가 다음 주쯤에는 사귀자는 말이 나올 것 같아 기다리고 있는 상황입니다.

당신은 옷장 서랍을 열어 속옷 점검을 시작합니다. 브라들이 하나같이 낡고 늘어났군요. 새 술은 새 부대에, 새 애인은 새 속옷으로.

당신은 작년에 노와이어 심리스로 브라를 전부 교체한 적이 있죠. 스마트폰으로 구매 기록을 뒤져서 다시 쇼핑몰에 들어갔습니다. 예전엔 할인 가격으로 구매했는데 지금은 정상가로 사야 해요. 보아하니 이 브랜드는 1년에 두 번 정도 이벤트를 하는 것 같아요. 작년 기록을 보니 얼추 이 무렵이란 말이죠? 당신은 고민에 빠져듭니다. 조금 더 기다릴까…… 하지만 눈치로 봐선 다음 주가 타이밍인데…… 사귀자마자 잘 것 같지는 않지만 그래도 사람 일은 모르는 일 아니겠습니까. 고민하는 것도 피곤해서 그냥 결제 버튼을 누르는 당신.

이틀 뒤에 이 속옷 브랜드는 원 플러스 원 할인을 시작했고 당신이 썸이라고 생각한 사람은 페이스북에 웬 모르는 계정을 태그하고 '연애중♥'을 띄웠습니다. 안타깝지만 이번 눈치 게임도 어김없이 실패, 실패, 대실패!

눈새

참새목 눈새과에 속하는 조류. 성체의 몸길이가 8~11센티미터로 작은 편이다. 한반도 전역에 서식하는 텃새로 이름의 유래는 '눈치 없는 새'다. 분위기 파악을 잘 못 하는 편. 경고하는 울음소리를 구애의 노래로 착각해 접근한다든가 천적인 황조롱이 앞에서 겁도 없이 곡예비행을 하는 경우가 종종 목격된다. 동물행동학 관점에서 눈새의 흥미로운 지점은 자기들끼리 무리 짓지 않고 꼭 오목눈이나 박새 무리에 끼려고 든다는 것이다. 본인들이 눈새인 줄 모르고 있다는 게 학계의 정설이다.

캠퍼스의 먹보

캠퍼스의 눈새

다이어트를 하면
살이 찐다

　인바디 결과지를 손에 들고 제가 제일 처음 한 일은 포털 사이트에 '인바디 신뢰도', '인바디 정확성'을 입력해 보는 일이었습니다. 아슬아슬하게 표준 범위 안에 있던 복부지방률과 체지방률이 드디어 표준 이상으로 치솟았기 때문입니다.

　2시간 동안 검색한 결과 제가 내린 결론은 요리 보고 조리 봐도 결국 제 허리둘레가 대폭 늘어났다는 사실이었습니다. 외관상으로도 확연히 통통해진 팔뚝과 허벅지, 이중 턱과 삼

중 뱃살이 보내오던 지속적인 경고를 계속 무시했건만, 수치로 확인한 이상 더는 미룰 수 없었습니다.

저는 이성적인 현대인이기 때문에 온건하고 현실적인 목표를 정했습니다. 한 달 동안 3킬로그램 감량. 몸에 무리를 주어 밥벌이에 방해가 되는 '원 푸드 다이어트'나 '무작정 굶기'는 하지 않습니다. 일하려면 아침과 점심은 제대로 먹어야 하기에 저는 저녁 식사를 저칼로리 식단으로 꾸리자고 결심했습니다. 그렇다면 가장 먼저 해야 하는 일은 무엇이겠습니까? 당연한 얘기지만 쇼핑입니다.

다이어트 하면 닭 가슴살, 닭 가슴살 하면 다이어트이기에 우선 닭 가슴살부터 찾기 시작했습니다. 고민 끝에 세트 할인을 하는 닭 가슴살 큐브를 20팩 결제했습니다. 그나저나 요새 다이어트 트렌드는 곤약이더군요. 저칼로리면서 면류를 먹고 싶은 욕구까지 채워 주는 기특한 곤약 면과 곤약 떡 시리즈도 장바구니에 넣었습니다.

추천 상품 리스트를 보다 보니 두부 면이 있네요? 두부를 말려서 면처럼 만든 모양인데 괜찮을 것 같아요. 내친 김에 말린 도토리묵도 같이 구매했어요. 쫄깃한 식감을 좋아하거든요. 닭 가슴살과 곤약만 먹다 보면 조금 질릴 수 있으니 감자와 고구마를 5킬로그램씩 구매해 줍니다.

이제 주식은 대충 산 것 같으니 간식도 볼까요? 간식을 적극적으로 먹겠다는 게 아니라요. 저녁을 가볍게 먹다 보면 밤에 배고플 게 틀림없고 충동적으로 배달 음식을 시켜 먹는 것보다는 가벼운 간식을 미리 구비해 두는 게 좋을 것 같아서요. 준비성이 대단하지 않습니까? 상큼한 맛의 곤약젤리와 닭가슴살로 만든 단백질 칩, 고구마 말랭이를 골랐습니다.

이제 신선식품으로 눈을 돌려 볼게요. 아무래도 바나나와 두부는 기본이죠. 좋아하는 콜라비도 여러 통, 달걀 10개와 샐러드 믹스 팩도 고릅니다. 그나저나 날씨가 많이 더워졌잖아요. 제가 아이스크림 킬러거든요. 요즘 같은 세상에 다이어트에 좋은 아이스크림도 있지 않을까요? 있었습니다. 파인트 1통에 300칼로리 미만이라고 홍보하는 아이스크림을 홍차 맛과 초콜릿 맛으로 구매하고, 개당 30칼로리밖에 되지 않아 다이어터들이 선호한다는 얼음 아이스크림도 골랐습니다. 배송료를 아끼기 위해 35개나 사는 알뜰살뜰한 센스도 잊지 않았죠.

글이 너무 길어지니까 운동용품(레깅스, 운동화, 통풍이 잘 되는 티셔츠, 요가 매트, 필라테스 소도구)을 산 내용은 생략하겠습니다.

그렇게 쇼핑을 마치고 이제 뭘 해야겠습니까? 치킨을 먹어야죠. 사실 너무 클리셰라서 안 하려고 했는데요. 한 달이나 못 먹을 텐데 심기일전하는 의미로다가 속는 셈치고 구태의연한 행동 한번 해 줬습니다.

프랜차이즈 브랜드 치킨도 좋지만 저는 가까운 술집에서 배달해 주는 바삭하고 짭조름한 옛날식 프라이드치킨을 제일 좋아합니다. 대식가가 아니라서 1인 1닭은 못 하고요. 닭 날개 하나와 닭 가슴살 하나는 냉동실에 넣어 뒀습니다. 한 달 뒤에 먹으리라 다짐하면서요. 맞습니다. 그때의 저는 몰랐던 거예요. 아무리 다이어트 식품이라도 너무 많이 먹으면 살이 찐다는 걸.

샐러드에 자몽 드레싱을 뿌려 먹고, 곤약 떡볶이와 곤약 쌀국수와 건두부볶음을 차례대로 흡입한 다음, 콜라비와 고구마를 꿀꺽하고, 곤약젤리를 짜 먹은 후, 저칼로리 아이스크림 1통을 클리어하고, 드라마를 보며 닭 가슴살 칩을 쩝쩝거리는 생활을 한 달간 하면 2킬로그램이 찝니다.

반쯤 체념하고 냉동실에 처박아 둔 치킨을 에어프라이어에 돌리면서 저는 언젠가 TV 속 연예인이 했던 말을 떠올렸

습니다. 다이어트는 습관이란 말. 식습관을 평생 바꾼다고 생
각해야지, 잠깐 식단 조절을 했다가 다시 돌아가려고 하면 다
소용없는 일이라고.

누구나 한 번씩 삶의 중요한 갈림길에 설 때가 있습니다.
그날 저는 우울한 날씬이와 행복한 통통이의 갈림길에 서 있
었습니다. 장고 끝에 분연히 후자의 길을 택했습니다. 치킨과
닭똥집과 곱창볶음과 삼겹살이 빠진 인생을 살아갈 자신이
없었거든요.

그렇게 몸무게를 빼려는 생각은 그만두었어요. 체지방률
과 복부지방률은 운동으로 줄이면서 먹고 싶은 대로 적당히
먹으며 살겠다고 다짐했죠.

그러고 나니 옷장에 눈이 갔습니다. 살 빼고 입을 거라며
옷장에 넣어 뒀던 타이트한 바지와 원피스들을 처분했습니
다. 그리고 본격적으로 두둑한 뱃살을 커버해 주는 루즈핏 상
의와 아랫배를 부드럽게 감싸 주는 고무줄 바지를 사들이기
시작했습니다. 내친 김에 속옷도 편하고 잘 늘어나는 소재로
모두 바꿨습니다. 그 과정에서 여러 시행착오가 있었습니다.
어떤 소재는 편한 대신 너무 홈 웨어 같았고, 어떤 핏은 지나

치게 여유로운 나머지 인간을 어떤 종류의 자루처럼 보이게 했죠. 저는 점점 신중해졌고 그만큼 옷을 보는 눈도 늘어났습니다. 소재와 사이즈를 꼼꼼히 살피고 피팅 사진의 맹점까지 파악하는 수준이 되었죠. 그리고 이 바지를 만나게 된 것입니다. 마치 운명처럼.

린넨, 레이온, 면, 스판의 황금 혼용률로 시원하면서도 편한 소재. 잦은 세탁에도 걱정 없는 적은 축률. 피부에 닿는 부분에는 부자재를 생략하고 라벨까지 숨겨 놓아 촉감까지 고려한 디테일함. 밑단에 고무줄이 있어 조거 팬츠로도 와이드 팬츠로도 활용할 수 있는 패셔너블함. 그야말로 집에서도 밖에서도 멋스럽게 입을 수 있는, 오랫동안 찾아 헤맸던 최고의 바지.

게다가 지금 크라우드펀딩 사이트에서 얼리버드로 구매하면 20퍼센트 할인된 가격으로 구할 수 있다네요. 믿겨지시나요? 베이지와 그레이 2가지 색을 구매하면 각각 4만 9천 원, 더해서 9만 8천 원으로 이 편안함과 기능성을 얻을 수 있다는 놀라운 사실. 망설일 시간도 아깝습니다. 펀딩 기간이 끝나기 전에 어서 빨리 결제 버튼을 눌러야 하지 않겠습니까?

그러므로 위의 신규 의류 구입과 관련하여 재가를 요청드리는 바입니다. 검토 후 승인 바랍니다. 이상.

1차 결재자   전전두엽 「승인」

2차 결재자   옷장 「승인」

3차 결재자   통장 「반려」

     ㄴ **사유**   과도한 다이어트로 인한 잔액 부족

재품의 하시겠습니까?

다이어트 반작용의 법칙

하나의 신체에 체중 감량의 힘이 가해질 경우, 해당 신체가 보다 더 큰 체중 증량의 힘을 가하는 법칙이다. 즉 다이어트를 하면 오히려 살이 찌는 현상을 설명한다.

두 힘이 작용하는 시간은 같지 않을 수 있다. 단, 체중 증량은 체중 감량을 시기적으로 앞지를 수 없다는 게 이 법칙의 기본 원리. 뉴턴의 법칙과 아인슈타인의 상대성이론을 잇는 물리학의 기본 원칙으로 절대적이다. 이 법칙을 거스르는 인간은 대체로 외계인이다.

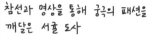

참선과 명상을 통해 궁극의 패션을
깨달은 서울 도사

더 이상 네 것이 아닌 옷이다

유비무환이 해피엔딩이라

비밀인데
모르는 사람이 없다

이것은 정신과 진료를 받는다는 걸 회사 동료들에게 들켜버린 한 애처로운 회사원의 수상록.

나는 4년차 양극성 기분장애(일명 '조울증') 환자이고 2개의 직업을 가지고 있다. 하나는 사무직 회사원이고 나머지 하나는 그림을 그리고 글을 쓰는 작가다. 본격적으로 투잡을 시작한 이후에도 회사에 이 사실을 알리지 않으려고 줄곧 애를 썼다. 필명을 쓰고 정면 사진도 공개하지 않았다. 그런데 역시 세상에 비밀이란 없는 것인가.

[잘 읽을게요]
[사진]

팀장님으로부터 메시지가 왔다. 알림이 뜨기에 아무 생각 없이 터치를 했다. 솔직히 아무 생각이 없었다는 건 거짓말이고 퇴근 후에 연락을 받은 터라 조금 짜증이 나 있던 상태. 근데 잘 읽겠다는 메시지와 함께 도착한 것은 내가 출간한 만화책의 표지 사진이었다. 그때의 느낌은, 마치 사방이 드라이아이스로 만들어진 좁은 방에 갇힌 기분. 춥고 뼈마디가 아리고 온몸에 소름이 돋으며 피부가 아려 오는 그 느낌. 만화책의 제목은 『판타스틱 우울백서』이며 부제는 '서귤의 정신과 치료 일기'였다. 순간 현기증이 이는 것처럼 눈앞이 깜깜해졌다.

어떻게 알았지?

어떻게 수습하지?

퇴사할까?

자기의 병을 주변에 알리고 말고는 전적으로 선택의 문제다. 나는 내 조울증을 알리고 싶어 하는 축에 속했다. 알린다기보다는 숨기고 싶지 않다는 쪽에 가까웠다. 잘못한 것도 없는데 쉬쉬하는 것이 싫어서. 친구들에게 말하기는 비교적 쉬웠다. 물론 털어놓기 전에 스스로 주문을 걸긴 했다. '내가 정신 질환을 앓고 있다는 걸 알고 나를 멀리하는 애랑은 나도 같이 안 놀 거야.' 다행히 친구들과의 거리가 그 이후 오히려 가까워지면 가까워졌지 더 멀어지지는 않았다.

부모님께 알리는 건 더 어려웠다. 나는 그분들이 내 병에 대해서 죄책감을 가질까 봐 걱정했다. 이 고민을 상담 중에 털어놓자 의사 선생님이 말씀하셨다. 부모님의 감정은 부모님의 것이지 다른 이가 통제할 수 있는 영역이 아니니, 스스로 결정하고 판단하시도록 내버려 두라고. 나는 부모님께 말씀드렸고 내버려 뒀다. 그들이 겪을 마음의 소요를 애써 상상하지 않았다. 얼마 후, 내가 출간한 우울증 책에 대한 기사가 포털사이트에 올라왔을 때였다. 아빠는 그 기사 링크를 친구, 친척, 교회 사람들, 조기 축구회 및 산악회 회원들과 직장 동료들에게 보내며 자랑했다. 우리 딸이 책을 내고 이게 기사에도 나왔다고. 그걸 보고 혼자 방에서 조금 울었다. 나는 조울증 앓는 딸을 부모님이 부끄러워할 거라고 생각했다. 평생을 알고 지낸 사이면서 어쩜 그렇게도 당신들에 대해 무지했는지.

그렇게 한 단계 한 단계 '울밍아웃(우울증+커밍아웃)'을 해 나갔지만 직장 동료들에게는 전혀 밝힐 생각이 없었다. 돈이 걸린 문제였으니까. 생존권. 내 병이 나의 약점이 될까 봐 두려웠다. 선입견으로 내가 중요한 일에서 제외되거나 같이 일하기 싫은 대상이 되어 버릴까 봐 무서웠다. 그래서 철저히 비밀로 했던 건데 이런 일이 생기다니.

1시간 정도 고민하다가 팀장님의 카톡에 답장했다.

[헐ㅋㅋㅋㅋㅋㅋㅋㅋㅋㅋㅋ]

'ㅋ' 하나의 고뇌와 'ㅋ' 하나의 초조함과 'ㅋ' 하나의 쿨한 척과 'ㅋ' 하나의 대출금, 대출금. 그 주말에 나는 치킨과 피자와 쿼터사이즈 아이스크림을 퍼먹으며 내일이 없는 것처럼 방탕하게 살았다. 소화불량과 함께 월요일은 어김없이 다가왔고, 정말로 정말로 회사에 가고 싶지 않았지만 출근했다. 정신과 진료를 받고 스스로와 약속한 것 중 하나가 '매일 회사 나가기'였기 때문에, 진심으로 이를 악물고 셔틀버스를 탔다. 사무실에 도착해서 엘리베이터를 탔는데 마침 팀장님을 만났다.

"안녕하세요."

"안녕하세요."

최선을 다해 팀장님으로부터 몸을 돌리고 고개를 빳빳이 들어 위치표시기를 쳐다보았다. 대화를 하지 않겠다는 의지를 온몸으로 표현했다. 도망치는 걸 택한 것이다. 주말 내내 고민했지만 어떤 말을 해야 할지 준비가 되지 않았다. 눈치가 빠른 팀장님은 별다른 말이 없었다. 어쩌면 내가 떨고 있는 걸 알고 그랬는지도 모른다. 아무 일도 없었던 것처럼 바쁘게 하루를 보내고, 며칠 뒤 동료 중 내 투잡 생활을 알고 있는 친한 이에게 이날의 일을 털어놓았다. 팀장님이 내 작가 활동을 알고 있어서 너무 놀랐다고. 그런데 도리어 그가 나에게 물었다.

"모를 거라고 생각했어?"

네.

지난 가을에 있었던 일이다.

해가 바뀌어 나는 이제 5년차 양극성 기분장애 환자가 되었고 매일매일 회사에 나가고 있다. 혹시 이 글을 읽고 있는 독자 중에 기분장애가 있거나 있었던 이가 있다면, 앞의 저 문장이 얼마나 칭찬받아 마땅한 내용인지 알 것이다. 세상에,

185

매일매일! 미리 연차를 낸 경우를 제외하곤 단 한 번도! 우울감이나 무력감에 빠져 충동적으로 결근한 적이 단 한 번도 없다! 그리고 감으로 판단하건대 이제 회사 팀원들 대부분이 내가 작가 활동을 하고 정신과 치료를 받고 있다는 걸 아는 것 같다. 내가 언급을 꺼려하기 때문에 이야기하지 않을 뿐. 그렇게 나는 오늘도 회사를 다녀왔고 내일도 출근할 예정이다.

절대 안심할 순 없다. 회사는 냉정한 곳이다. 언제라도 정신과를 다닌다는 사실이 내 목을 겨눌지 모른다. 그런데 미리 걱정하지는 않으려고 한다. 내가 갖고 있는 많은 문제는 일어나지도 않은 최악의 상황을 상상하는 습관에서 생겼기에.

그리고 난 조금 긍정적으로 생각하고자 한다. 회사에는 썩 유쾌하지 않은 방식으로 자기의 입지를 다지고 동료를 깔아뭉개는 사람들이 있지만, 사실 꽤 많이 있지만, 적어도 누군가의 정신 질환을 약점으로 휘두르는 일은 이제 촌스럽고 치졸해서 기피하는 행위가 된 게 아닐까 하는 생각. 이 생각이 맞는지 안 맞는지 판단하려면 어쩔 수 없이 당분간은 회사를 열심히 다녀야 한다. 절대 대출금 때문에 그러는 게 아니고. 재취업할 데가 없어서 그런 것도 아니고. 네. 사장님 늘 감사하고 사랑합니다. 충성충성.

새와 쥐

비밀을 듣고 퍼뜨리는 동물들. 새는 주로 낮에 활동하고 쥐는 밤에 활동한다고 알려져 있다. 인간의 비밀을 듣고 주변에 퍼뜨리는 일에 일가견이 있으며 왜 그런 행동을 하는지에 대해서는 알려진 바가 없다. 동물행동학자들은 일종의 유희 행위로 해석하고 있다. 최근 도시화로 인한 서식지 감소 때문에 새와 쥐가 활동하는 데 어려움을 겪자 국제알권리조합과 음모앤드미스터리협회에서 이들을 보호하기 위해 2월 31일을 '세계 새와 쥐의 날'로 선포했다.

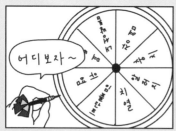

치열 당첨

주취 폭력 근절하자

27

쓸모없는 고민을
매일 한다

요즘 고민이 있다. 만약 내가 아이돌이 된다면 어떤 캐릭터와 매력으로 승부할 것인가? 출퇴근길에 매일 그것만 생각하는데 답이 안 난다.

먼저 작사, 작곡에 프로듀싱까지 하는 실력파 멤버를 생각해 보자. 팬들의 탄탄한 지지를 받을 수 있고 대중적으로도 인정받을 수 있다. 아티스트 노선을 타고 여러 컬래버도 진행하며 호흡을 길게 가져갈 수 있을 것 같다.

근데 같은 그룹 멤버의 팬들이 파트 배분 때문에 나한테

욕하고 그럼 어쩌지. 곡 발표할 때마다 음원차트 순위 때문에 스트레스도 어마어마할 거고 표절 시비라도 발생한다면…… 일단 보류해 보자.

비주얼 센터로 시작해 연기까지 활동을 넓히는 멤버로 가 보자. 코는 오뚝하고 눈은 반짝거리고 발그레한 볼에 날렵한 얼굴선. 팬이 대포 카메라로 찍어 준 인생 사진 한 컷으로 유명세를 얻어 이런저런 프로그램에 출연하다가 첫 출연한 드라마가 소소하게 입소문이 나서 연기도 병행하는 거다.

하지만 비주얼로 이름을 떨친 만큼 조금만 살이 찌거나 관리를 못해도 악플이 어마어마하게 달리겠지. 나는 먹는 거 포기 못 해서 안 되겠다.

그럼 재치 있고 말 잘하는 예능 멤버는? 콘서트나 공연에서 멘트를 도맡고 예능 프로그램에 출연하면 분위기를 휘어잡는 섭외 1순위. 리얼버라이어티나 관찰 예능에 단독 출연하면서 신생 팬 유입에 일조하는 거다.

단 구설수에 자주 오르내릴 것을 각오해야 한다. 말을 많이 하다 보면 실수 한두 번 쯤은 하기 마련인데 그거 가지고 잊을 만하면 까이고 잊을 만하면 까이면서 안티가 잔뜩 생기겠지. 헛소리 잘하고 하는 말의 90퍼센트는 아무 말 대잔치인 나는 성격상 안 되겠어.

그래, 다 필요 없고 아이돌의 정석, 블링블링 귀염뽀짝 팬 조련 잘하는 씹덕 멤버로 가자. SNS를 통한 팬과의 소통은 기본, 한 번 만난 팬도 잊어버리지 않는 아이돌 최적화 브레인에 모태 애교를 기반으로 한 팬 서비스는 덤. 대중들은 '왜 쟤가 제일 인기가 많아?' 하고 의아해하지만 팬들은 '아이고 내 새끼' 하며 끙끙 앓는 양파 같은 매력의 소유자로 해야겠어.

근데 이런 타입은 나이 들면서 아이돌이 아닌 분야로 나가기가 어려운 게 문제다. 20대에만 바짝 일할 것도 아니고. 게다가 팬과의 관계가 밀접한 만큼 스캔들이 터지면 타격이 더 크단 말이지.

아무리 생각해도 답이 안 나와서 고민하다가 내려야 할 지하철역을 지나쳤다. 반대편 지하철로 갈아타면서 다시 생각에 빠졌다. 이번에는 철없고 순수한 막내 캐릭터는 어떨까? 아니 카리스마 댄스 담당? 책임감 넘치고 따뜻한 리더? 너무 많은 선택지 사이에서 갈등한다.

강조하는데, 나는 지금 무척 진지하다.

고민 보존의 법칙

상태변화에 관계없이 인간의 고민은 같은 질량을 유지한다는 법칙이다. 이 법칙의 핵심은 인생이 평탄하여 별 문제가 없을 때는 언뜻 고민이 줄어든 것 같지만 사실 그렇지 않다는 점에 있다. 평온한 시기에도 인간은 자잘한 고민거리를 만들어 총량을 확보하고, 이후 큰 고민이 생기면 그때의 자잘한 고민을 망각한다. 그러므로 만약 지금 걱정거리가 너무 많아 피로한 시간을 보내고 있는 사람이라면, 비교적 행복할 확률이 높다. 압도적인 고민이 없다는 뜻이며 대개 압도적인 고민은 삶을 위협할 만큼 치명적이기 때문이다.

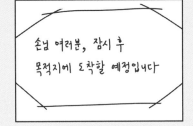

천하 제일 고민 대회

시간 순삭

193

28

맥주 한 병에
만취하는 날이 있다

공연장 '클럽빵'에서는 입장료를 내면 납작하게 누른 병뚜껑을 준다. 관객석 뒤편에서 이걸 맥주나 웰치스로 바꿀 수 있다. 맥주를 받아서 자리에 앉았다. 공연이 시작되길 기다리며 조금씩 마셨다. 칼퇴근을 위해 쉬지 않고 일을 해서 몸이 노곤했다. 조금 졸다가 기타 튜닝 소리에 깼다. 오늘의 출연자 유근호, 시와, 김목인.

첫 번째로 유근호가 무대에 올랐다. 몸이 저절로 앞으로 기울었다. 나는 그의 팬이다. 노래 몇 곡을 연달아 하더니 자기가 얼마 전에 이별을 했다고 했다. 그러고는 널 보낼 수 없다는 구구절절한 가사의 노래를 불렀다. 좀 안 멋있었다. 그래도 좋아하는 가수이기에 끝날 때마다 박수를 힘차게 쳤다.

시와의 공연은 처음 보았다. 시와는 동그란 머리 모양을 한 동그란 가수였다. 노래를 부를 때마다 곧 바스라질 것처럼 웃었다. 앵콜곡이었던 〈화양연화〉가 너무 좋아서 어쩐지 울고 싶었다. 끝나고 그녀의 앨범을 2장 샀다.

마지막은 김목인의 차례였다. 그를 보고 있으면 겪어 본 적도 없는 80년대가 떠오른다. 머리 스타일, 옷, 목소리, 눈빛 같은 것들이 그렇다. 그는 아주 고집스럽게 노래를 불렀다. 나는 〈한결같은 사람〉의 후렴구를 좋아하는데 마침 세트 리스트에 그 노래가 있어 신났다.

그렇게 박수도 치고 노래도 따라 부르며 공연을 즐기는데 알싸하게 술기운이 올라왔다. 맥주병을 흔들었더니 남은 맥주가 바닥을 때리며 찰박거렸다. 공연장을 나올 때는 머리가 핑그르르 돌고 얼굴에 열이 올랐다. 1병. 겨우 맥주 1병이었다.

홍대입구역까지 10분이면 갈 수 있는데 흐느적거리느라

30분이나 걸렸다. 지하철 2호선은 언제나 그렇듯 만원이었고 몇 번씩 토할 것 같아 아무 역에나 내려 의자에서 쉬었다. 집에 들어와 무너지듯 잠들었다가 일어났다. 시간을 확인했더니 어느덧 자정을 넘겨 8월 13일이 되어 있었다.

나는 조금 안도했다. 방금 지나가 버린 12일은 내 생일이었다. 언젠가부터 이날이 빌린 돈처럼 부담스러웠다. 행복해야 한다거나 행복해 보여야 한다는 압박감, 사랑받아야 한다거나 사랑받는 것처럼 보여야 한다는 강박이 숨통을 조였다. 올해도 다행히 지지 않았다. 질식하지 않았다. 홀가분한 기분으로, 생일 다음 날을 홀로 조용히 자축했다.

생일기피증

20대 여성 I씨는 생일이 다가오면 기분이 가라앉고 머리가 아파 온다. 생일기피증 환자인 그는 12세 때 자신의 생일 파티에 친구들을 초대했으나 아무도 오지 않아 쓸쓸한 하루를 보냈던 기억이 있다. 그는 생일기피증 환자 중에서도 뚜렷한 발병 원인이 있는 사례에 속하는데 사실 대부분의 환자들은 별 이유 없이 나이가 들면서 서서히 증상이 나타난다. 이 증후군에 걸린 환자들은 객관적인 관점에서 평온하고 안락한 하루였을 뿐인 자신의 생일을 부정적으로 재구성하는 일관된 특성을 보인다. 또한 반작용으로 행복을 위장해 전시하는 증상도 함께 나타난다.

#자기계발 #동기부여 #행복

위로의 작가 서울

말하지 않아도 안다

과일 가게 앞에 한 남자가 서 있다. 남자의 유순한 눈가에는 망설임이 가득하다. 그가 매대 앞에서 손만 꼼지락거리고 있자 보다 못한 가게 주인이 남자의 목전에서 봉투를 팔랑팔랑 흔든다.

"살 거여, 안 살 거여?"

"어…… 잠깐, 잠깐만요."

커다란 안경 안쪽에서 남자의 눈알이 데굴데굴 구른다.

30대인 이 남자는 복숭아털 알레르기가 있는 아내와 함께 살고 있는데 하필 그들이 낳은 두 아이는 복숭아에 환장했다. 그는 여태 고민 중이었다. 아내를 생각하면 복숭아를 사면 안 됐고, 아이들을 생각하면 사야 했다.

"이거 물렁물렁한 걸로 주세요."

결국 남자의 손에 복숭아 박스가 들린다.

남자는 집에 들어오자마자 옷도 갈아입지 않고 싱크대에 선다. 수세미를 들고 복숭아 표면을 아기 엉덩이 두드리듯 살살 닦아 낸 후 물로 헹궈 반질반질하게 만든다. 복숭아의 털을 일일이 제거하는 작업이었다.

낡은 선풍기가 거실에서 탈탈 돌아가고 있지만 주방에까지 바람이 오지 않아 그의 목덜미가 금세 땀으로 축축해진다. 어느새 아내와 아이들이 멀찍이 떨어져 앉아 옹기종기 그 뒷모습을 구경한다.

이 남자는 30년 전의 내 아빠다. 지금도 여름철에 부모님 집에 가면 표면이 맨들맨들하게 닦인 복숭아가 김치냉장고에 수북이 들어 있다. 아빠는 애정 표현이 서툰 사람이다. 나는 복숭아에서 사랑 읽는 법을 터득했다.

사랑해 알레르기

우리 몸의 면역 체계가 '사랑해'라는 말에 반응하여 과도한 항원 항체반응이 일어나는 증상을 말한다. 일시적인 실어증에서부터 가려움증, 재치기까지 다양하며 심각한 경우에는 심장박동이 빨라지거나 숨 쉬는 박자를 놓치기도 한다. '사랑해'를 들을 때보다 직접 발화할 때 더 심하게 나타난다. 이 알레르기를 치료하기 위해서는 점진적인 충격요법이 유효하다. '고마워', '보고 싶어' 등의 단어를 사용하여 단계적으로 강도를 높이다가 '사랑해'라는 말을 반복한다. 예) 아빠, 어릴 때부터 나 간지럽지 말라고 매번 복숭아 닦아 줘서 고마워. 복숭아를 볼 때마다 아빠가 보고 싶어. 아빠 내가 많이 사…… 사…… 사과는 맛있쩡.

말하지 않으면 모르는 것

말하면 시작되는 것

귀걸이를 차면
1.5배 예뻐진다

임상 1차 : 대입 이후

대학생이 된 후로 외모에 대한 갖은 참견들이 이어졌다.

"렌즈 껴 봐라, 치마 입어라, 눈썹 정리해라, 화장은 해야
지⋯⋯."

꾸미지 않는 것은 젊음에 대한 직무 유기라며 근엄하게 꾸
짖는 선배도 있었다.

어느덧 세뇌당한 나는 홀린 듯이 각종 뷰티템들을 섭렵하

다가 드디어 달기만 하면 1.5배 예뻐진다는 전설의 아이템, 귀걸이에 손을 대기 이르렀다.

코엑스 아무 액세서리점에 가서 귓불을 뚫고 바늘귀만 한 금귀걸이를 꿰찼다. 그날 새벽에 귀가 퉁퉁 부어올랐고 살에 파묻힌 귀걸이를 억지로 빼내려다가 살점을 같이 후비는 바람에 피투성이가 됐다.

임상 2차 : 실연 이후

첫 연애를 장렬히 마치고 보란 듯이 예뻐지고 싶었다. 다시 귀걸이에 손을 댔다. 1.5배 예뻐진다는 근거 없는 속설이 여전히 나를 쥐고 흔들었다.

이번에는 살에 파묻히지 않게 제법 큰 금귀걸이를 샀다. 뒤척이다가 또 귀가 덧날까 봐 똑바로 누워 밤을 지새웠다. 며칠 동안 잠을 설쳤고 왜 내가 한갓 액세서리 때문에 이렇게까지 해야 하나 비참한 기분에 시달리다 충동적으로 빼 버린 후 12시간 꿀잠을 잤다.

다음 날 다시 귀걸이를 끼려고 하니 귀가 막혀 있었다. 억지로 밀어 넣었더니 투둑, 하고 살이 뚫리는 느낌이 났다. 무서워서 그만뒀다. 귓불에서 피가 배어 나왔다.

작년에 있었던 일이다. 한 연예인이 착용한 기다란 드롭 이어링이 너무 예뻐서 가슴이 두근거렸다. 저걸 하면 1.5배 는 무슨, 15배는 예뻐질 수 있을 것만 같았다. 두 번의 실패 가 있었기에 나름 만반의 준비를 했다. 착용감이 좋은 실리콘 귀걸이로 숙면을 이뤄 냈다. 소독약도 열심히 바르고 가끔 후 시딘도 발라 줬다.

그렇게 한 달간의 노력 끝에 드디어 드롭 이어링을 귀에 달 때가 찾아왔다. 내 안에 감춰져 있던 모든 까리함을 대방 출하여 갖은 치장을 하고 홍대로 향했다. 가서 고작 만화책 몇 권을 사서 지하철로 돌아오는데, 드롭 이어링의 끝부분이 터틀넥 니트에 걸렸다. 그걸 모르고 유튜브를 보며 웃다가 고 개를 젖혔을 때 귀가 부욱 하고 찢어졌다.

그날 서울 지하철 2호선에는 크림색 니트의 어깨죽지를 피로 물들인 여자가 떠돌았다.

1.5배 예뻐지는 날은 멀기만 하다.

임상 결과 : 실패

205

귀걸이 루머

귀걸이를 차면 1.5배 예뻐진다는 루머. 일각에서는 귀걸이가 얼굴과 가장 가까운 곳에 위치한 액세서리이기 때문에 후광효과로 미모를 더욱 돋보이게 해 준다고 주장한다. 이 논리에 따르면 코에 피어싱을 하는 편이 보다 효과적이다.

야옹

저는 안 뛰고 쉴게요

207

4장
———

지구 정복의
그날까지

31

피 나기 직전까지
입술을 뜯는 게
재미있다

입술 각질을 뜯는다. 습관이다. 최대한 얇고 넓적하게 각질을 뜯어낸다. 이때 입술에서 피가 나지 않도록 하는 게 고급 기술이다. 가끔 정성껏 뜯어낸 각질을 소복하게 모아 볼 때가 있다. 꼭 허물 벗은 거 같아서 신기하다. 내가 뀐 방귀가 역하지 않은 것처럼, 내가 후빈 코딱지가 더럽지 않은 것처럼, 내가 벗은 각질도 도무지 싫지 않다.

입술 각질이 폭발하던 시기가 있었다. 고등학교 3학년 때

몸이 급격히 안 좋아지면서 아토피가 올라왔다. 하필 얼굴에. 특히 입가에. 입술 경계가 사라지고 각질이 우수수 떨어지고 살이 붉어지며 퉁퉁 부어올랐다. 2배 정도로 부풀었다. 쓰라려서 밥을 못 먹을 지경이었다. 교무실에 갔더니 한 교사가 입술이 왜 그러냐고 물었다. 아토피 때문이라고 답하자 그가 말했다.

"섹시하고 좋네."

남성 교사였고 과목은 사회문화였다.

10대 초반의 나는 반항적인 학생이었다. 수학여행 때 사복을 못 입게 한다는 말에 교장실로 쳐들어갔고, 예절 수업이라는 명목으로 도덕 교사가 들어와 "여자는 아기를 낳아야 하니 조신하게 행동해야 한다"는 소리를 하길래 시교육청 게시판에 글을 올렸다. 촌지를 요구하는 교사에게 대들고 체벌에 항의했다.

불의를 참지 못하던 이단아는 고등학교에 가면서 돌변했다. 성적 관리를 하면서 스스로 모서리를 깎고 순한 학생이 되어 갔다. 교사들과 우호적인 관계를 유지하는 게 대학 진학에 절대적으로 유리하다는 것을 모두가 알았다. 그래서 아토

피로 피가 배어 나오는 내 입술을 보고 섹시하다는 교사의 말에도 그냥 맹하게 웃어 보였다. 최대한 말썽을 일으키고 싶지 않았다.

"남자 친구가 없어? 그럼 하고 싶을 땐 어떻게 해?"

회식 3차에서 술이 떡이 된 남자 상사가 내게 이렇게 말했을 때 당시의 사회문화 교사가 떠오른 것은 자연스러운 연상이었다. 많이 취하셨다며 그저 웃어넘기는 내 모습도 마찬가지였다. 프로젝트를 함께 진행하고 있던 직속 상사인 데다 부서에서 평판과 인기가 좋아서 그와 우호적인 관계를 유지하는 게 회사 생활에 절대적으로 유리했다. 다만 나는 미래의 후배들에게 부끄러웠다. 내가 항의하지 못한 부조리는 그대로 대물림될 것이었다.

그의 흥미가 나에게서 겨우 멀어지자 습관적으로 또 입술에 손이 갔다. 마치 이 행위에 중독된 사람인 양. 얇고 넓적하게. 하지만 피는 나지 않게. 하얗고 반투명한 각질이 계속해서 나풀나풀 무릎으로 떨어졌다.

언젠가 출장을 다녀오던 길에 면세점에서 산 립밤을 나에게 선물해 준 상사가 있었다. 여자였고 오랫동안 부장이었다.

한번은 지나가는 말로 이 조직에서 여성은 버티기만 해도 다음에 들어올 여성에게 도움이 된다고 얘기한 적이 있었다. 끝내 임원이 되지 못하고 임금피크제가 시작되기 전에 퇴직한 사람이었다.

회식이 끝나고 편의점에서 립밤을 사다가 그 상사가 떠오른 것은 자연스러운 연상이라기보다 합리화가 필요해서였다. 세상을 바꿀 용기가 없다면 세상을 바꿀 용기를 가진 다음 세대를 위해 자리를 지킨다. 그것은 내 통장과 사회적 자존감을 동시에 만족시켜 주는 꽤 그럴듯한 결론이어서, 바닥까지 떨어진 기분을 간신히 추스르고 립밤을 바를 수 있었다.

성희롱 몬스터

성희롱이 특기인 몬스터. 공격력만 보면 몬스터들 중에서 하급이나 무슨 말을 해도 알아먹지 못하는 무지개반사 수치가 높아 소탕이 쉽지 않다.

생각지도 못한 맵에서 갑자기 출몰하는 경우가 많아 짜증과 고혈압을 불러일으킨다. 무리 지어 나타날 경우 서로를 유쾌하다고 칭찬해 주며 HP를 충전해 버티는 습성이 있기 때문에 플레이 타임이 무한정 늘어난다. 대부분의 플레이어들은 그들을 무서워해서 피하는 게 아니라 더러워서 피하고 있어 이 몬스터들의 개체수가 증식하고 있다.

회사에 서식하는 서 대리는 온순하고

죽더라도 혼자 죽지 않는 습성이 있습니다

32

주머니 속에
송곳이 있다

낭중지추는 '주머니 속의 송곳'이라는 뜻이다. 끝이 뾰족한 송곳이 주머니를 뚫고 모습을 드러내는 것처럼, 재능 있는 사람은 눈에 띈다는 의미의 사자성어다. 하지만 나는 그런 의미가 아닌 글자 그대로의 '주머니 속의 송곳'을 알고 있다.

선글라스를 쓰고 검은 옷을 입은 남자였다. 퇴근길의 나는 귀에 이어폰을 꽂고 집에 가던 중이었는데 그가 내 뒤를 밟았다. 건물 현관을 같이 통과했다. 집 비밀번호의 마지막 끝자리를 누르기 직전, 뒤에 누가 있다는 사실을 알아챘다. 눈이 마주치자 남자는 욕을 지껄이며 사라졌다. 이어폰에서는 제이슨 므라즈의 「I'm Yours」가 나오고 있었다. 무서워서 오빠네 집으로 도망갔고 얼마 후에 방을 뺐다.

이후 오빠네 집에서 나와 다른 집으로 이사했고, 그날은 인터넷 설치 기사가 방문하기로 한 날이었다. 나는 혼자였고 설치 기사는 목소리로 보아 남자였다. 우선, 사건 이후로 복용하고 있던 신경안정제를 한 알 먹었다. 그리고 작업에 착수했다. 주방에 있는 위험할 만한 쇠붙이를 모두 모아 냉동실 깊숙이 넣었다. 식칼, 빵칼, 감자 칼, 가위 따위들이었다. 혹시나 상대가 돌변하여 그것들로 나를 위협할 수도 있었으니까. 그리고 바지 주머니에 공구용 커터 칼을 집어넣었다. 2센티미터 정도 칼날을 꺼낸 채로. 언제든 위급 상황이 오면 쓸 수 있도록. 마지막으로 호신용 경보기와 페퍼 스프레이를 다른 호주머니에 넣었다. 준비 끝.

설치 기사는 내 또래의 남자였다. 나는 그의 대각선 뒤에 서서 다리를 덜덜 떨며 주머니 속의 커터 칼을 만지작거렸다.

작업은 금방 끝났다. 일정이 많은 듯 남자가 서둘러 사라졌다. 그 후로 며칠간 에어컨 설치 기사, 보일러 수리 기사, 냉장고 배송 기사가 연이어 왔다. 모두 남자였고 내 주머니 속의 커터 칼은 과일칼이었다가 송곳이었다가 가위였다가 했다.

세면대 누수 문제로 수리 기사를 불렀다. 이번에는 접이식 칼을 주머니에 넣었다. 밸브 문제여서 빨리 끝났다. 수리를 마친 기사가 말했다.

"저 죄송한데 화장실 좀 써도 될까요?"

문 밖에서 오줌 떨어지는 소리를 들으며 주머니에서 칼을 꺼내 들고 바들바들 떨었다. 손끝으로 심장이 이동한 것 같았다. 얼굴에 열이 오르는 게 느껴졌다. 만일 기사가 바지춤을 올리지 않은 채로 화장실에서 나온다면, 어디부터 찌를지 생각했다. 아무래도 눈을 노리는 게 낫겠지. 아니면 급소? 기사가 손에 물기를 털며 나왔다. 나는 칼을 슬쩍 뒤로 숨겼다. 공구를 챙기고 인사를 하며 나가는 뒷모습을 지켜봤다.

남자는 바빴을 것이다. 방문할 집은 많고 길은 막혀서 점심도 차에서 대강 해결했을지도 모른다. 공중화장실이나 식당 화장실에 들를 시간도 없어서 참고 참다가 우리 집 화장실을 빌렸을 것이다. 그는 아주 높은 확률로 남에게 피해를 주

지 않으려고 노력하는 선량한 사람일 것이고 사랑하는 사람
이나 동물이 있을 가능성도 크다. 일을 마치고 집에 들어가
새벽에 맥주 한잔하면서 프리미어리그 경기를 볼 생각에 들
떠 있었을지도 모른다. 보는 이 없는 새벽에도 교통신호를 꼬
박꼬박 지키는 선량하기 이를 데 없는 호인일지도. 그리고 그
런 사람을 향해 문 너머에서 나는 칼을 들고 있었다.

그날 나의 뒤를 따라왔던 검은 옷의 남자를 생각한다. 유
유히 건물을 빠져나가던 그 남자의 뒷모습을 보며 떠는 것밖
에는 아무것도 할 수가 없었다. 무력감과 증오심이 문신처럼
남아서 지워지지 않았다.

접이식 칼을 접어 도로 서랍에 넣었다. 냉동실에 넣어 뒀
던 쇠붙이들도 제자리에 돌려놓았다. 더 이상 미룰 수 없다
고 느꼈다. 변해야 한다. 공포와 피해망상이 나를 집어삼키기
전에. 이 송곳으로 누군가의 살가죽에 새로운 문신을 남기기
전에.

절대로 사건 이전으로 돌아갈 수 없다는 걸 알고 있다. 이
제부터 나는 주머니 속의 보이지 않는 송곳과 항상 같이 살아
야 할 것이다. 하지만 그 남자가 남긴 것은 송곳으로 끝내야
했다. 나는 그가 뿌린 악의를 결코 재생산하지 않을 것이다.

미스터리 파일 #32

악의

바이러스의 일종으로 인간 전용 질병이다. 주요 증상은 폭력, 괴롭힘, 따돌림, 모욕, 학대 혹은 자해가 있다. 모종의 육체적 혹은 정신적 가해를 매개로 전염되며 횟수를 거듭할수록 전파력과 치사율이 높아진다.

백신과 치료제가 없어 대부분의 감염자가 명상, 신념, 사랑과 배려, 고양이 등의 민간요법에 의존하고 있다.

상처

흉터

33

캐멀색 코트의 칼라가
하늘색이다

    엄마가 고집하는 패션 철학이 있다. 그것은 바로 '포.인.트.' 그러니까 니트에 꼭 비즈 장식이나 리본 혹은 프릴이 달렸거나, 코트의 칼라나 소매 부분에 포인트 컬러나 패턴이 들어가야만 엄마의 패션 망태기에 수납된다. 이걸 왜 속속들이 알고 있냐면 내가 엄마의 홈쇼핑 결제 셔틀이기 때문이다. 엄마는 스마트폰으로 주식도 하면서 홈쇼핑 앱 깔기는 어렵다며 나에게 주문을 시킨다. 아침 6시나 새벽 1시에 엄마에게서 전화가 걸려 와 혹시 무슨 일이 터졌나 놀라서 받으면 터진 것은 엄마의 지름신이요, 필요한 것은 나의 앱카드다. 그럼 나는 또 고분고분하게 홈쇼핑 앱을 다운로드해 결제를 하고, 엄마는 쿨내를 풍기며 5천 원 정도의 수고비가 추가된 비용을 계좌이체로 날린다. 이 번거로운 과정을 내가 감내하는 이유는 5천 원 때문이 아니다. 평소 행실을 바르게 해야만 위급 상황에서 엄마론 소액 대출 서비스를 이용할 수 있기 때문이다. 일종의 갑을 혹은 주종 관계라고 할 수 있다.

엄마는 내가 세상에서 가장 오래 알고 지낸 여자다. 그리고 내가 가장 이해하기 힘든 여자이기도 하다. 나는 왜 내가 결혼을 하지 않으면 엄마도 아빠도 나도 모두가 불행의 구렁텅이로 빠지는지 이해할 수가 없다. 엄마는 저 외로움 많이 타는 의지박약의 천둥벌거숭이가 반려자도 없이 혼자 이 험한 세상을 어떻게 살아 나가겠다고 똥고집을 부리는지 납득할 수가 없다.

이건 하나의 예시일 뿐, 그 외에도 나와 엄마는 수많은 점에서 서로를 이해하지 못하고 불화한다. 그중 대표적인 것 하나가 바로 패션이다. 다음은 모녀의 패션 스타일에 대한 대조표다.

	엄마	나
핏	레귤러핏, 슬림핏	루즈핏, 오버사이즈
SS시즌	딱 맞는 칼라 티셔츠, 헐렁한 긴바지	빅 사이즈 라운드티, 3~4부 쇼트 팬츠
FW시즌	타이트한 풀오버 터틀넥	입으면 곰처럼 변하는 맨투맨과 후드티
액세서리 선호	목도리, 스카프	모자
디자인	포인트 스타일링	캐릭터 선호

내가 새 옷을 사면 엄마는 '왜 이런 거지발싸개 같은 천을 사 왔니?' 하는 표정을 짓고 입으로는 "딱 네가 좋아할 만한 걸로 샀네" 하고 혀를 찬다. 엄마의 쇼핑에 대해 나는 노코멘트한다. 앞서 언급했다시피 우리는 갑을 혹은 주종…….

자정에 전화가 왔길래 또 무슨 아이템에 꽂혔구만 하며 심드렁하게 전화를 받았다. 이번에는 엄마 옷이 아니라 내 옷이라는 얘기에 무릎 꿇고 두 손으로 스마트폰을 쥐었다. 수화기 너머 들려오는 엄마의 목소리가 밝았다.

"너 전부터 코트 하나 필요하다고 했잖아. 이거 딱 네가 좋아할 만한 스타일이더라. 엄마가 사 줄게, 계산해."

주식이 많이 뛰었구나! 엄마가 나에게 자꾸 설명하던 무슨 바이오테크니 우주항공이니 하는 주식회사들에게 감사를 표하며 재빨리 홈쇼핑에 들어갔다. 과연 엄마가 말한 '내가 좋아할 만한' 스타일의 옷이었다. 넉넉한 핏, 래글런 스타일의 어깨 라인, 종아리 반을 덮는 기장. 좋다, 다 좋은데 말이지. 캐멀색 코트의 칼라가 하늘색인 건 대체 무슨 조합일까? 디자이너 님, 만약 협박을 당하고 있다면 당근을 흔들어 주세요!

잠시 고민한 나는 너무 예쁘다며 전화를 걸어 고마움을 전했고, 흐뭇해진 엄마는 나에게 코트 값을 계좌이체했다. 나는 그 돈으로 오픈마켓을 뒤져서 비슷한 가격의, 칼라가 하늘색이 아닌! 캐멀색 코트를 구입했다. 2주 후에 만난 엄마에게 코트 자락을 팔랑거리며 선제공격을 날렸다.

"엄마, 이거 엄마가 사 준 코트야!"

"이렇게 생겼었나?" 하며 말꼬리를 흐리던 엄마는 코트를 쓰다듬었다. 나는 평소답지 않게 애교를 부리며 팔짱을 끼고 화제를 돌렸다. 좋은 게 좋은 거니까. 엄마는 요즘 노안이 와서 책을 잘 보지 않는다. 엄마가 이 글을 보는 일이 없을 거라고 믿는다.

한정숙의 법칙

엄마의 선호도와 딸의 선호도는 반비례한다는 법칙. 항간에 떠돌던 상식을 2021년 한국의 작가 서귤이 거저먹기로 이론화하여 자신의 어머니 이름을 붙였다.

패션, 음식, 인테리어, 연애, 음악, 드라마의 메인 남주와 서브 남주, 아이돌 그룹의 최애 등 모든 카테고리에 적용 가능하다. SCI 등재 학술지에 발표되면서 세상에 알려졌으나 정작 서귤의 모친 한정숙은 이 사실을 알지 못해 향후 성명권 분쟁이 예상된다.

서울, 7세

딸아 넌 얼굴이 노래서

노란색이 안 어울려

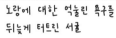

노랑에 대한 억눌린 욕구를 뒤늦게 터트린 서울

◀노랑 포스터
노랑 인형
◀노랑 잠옷   노랑 커텐
노랑 이불▶
◀노랑 러그

노란색이 어울리려면 엄마처럼 얼굴이 화사해야 해

어머~ 집이 온통 노랗네

서울, 30+n 세

폭신폭신 실내화
11900원

옵션

엄마가 나 노랑 안 어울린다고

안 입혀준 게 한이 돼서 그렇잖아!

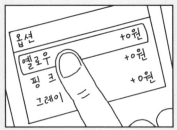

옵션   +0원
옐로우   +0원
핑크   +0원
그레이

서울: 잊지 모태

기억 안 나

엄마 : 오쪼라구

228

34

헌팅을 당했는데
헌팅을 당하지 않았다

경고 : 이 이야기는 매우 뻔하여 모든 경과가 예상 가능하므로 마음을 평온하게 만들어 심혈관 질환에 아무런 영향을 미치지 않을 수 있음.

예닐곱 살쯤이었을까. TV를 보는 엄마를 붙잡고 물었다.

"엄마, 나는 어떻게 생겼어?"

아마 그때가 타인에게 비치는 자신의 모습을 의식하고 궁금해하기 시작한 시기였던 모양이다. 엄마가 화면에 시선을 고정한 채로 대충 말했다.

"넌…… 생겼어."

"응? 뭐라고?"

"넌 착하게 생겼다고!"

그러니까 지금 그때의 엄마가 떠오르는 것은, 눈앞의 이 낯선 남자 때문이다.

"너무 착하게 생기셔 가지고요. 제 타입이셔서. 잠깐 시간 있으세요?"

회사에서 연차를 소진하라길래 평일에 휴가를 냈다. 금요일 오후 강남의 한 서점이었다. 심리학 코너에서 책을 보는데 누가 옆에 우뚝 서 있었다. 지나치게 가까운 기분이 들어서 반걸음 옆으로 옮겼는데 슬쩍 거리를 다시 좁혀 왔다. 쳐다봤더니 눈이 마주쳤고, 그가 싱긋 웃었다.

착하게 생긴 외모가 콤플렉스였다. 나쁜 쪽으로 해석하면 만만하게 생겼다는 의미다. 초면에 반말하는 사람들이 수두룩한 건 억울한 일 축에도 들지 않는다. 착각이거나 피해의식일 수도 있지만 학교나 직장, 심지어 거리에서조차 낯선 타인들이 나를 쉽게 대하거나 내게 무리한 요구를 아무렇지도 않게 한다는 느낌이 들 때가 많았다. 그리고 내 얼굴만 보고 상냥함과 다정함을 기대하며 다가온 사람이 실망하고 멀어지는 것도 지겨웠다. 그런데 착하게 생긴 얼굴이 도움될 때가 있네. 꽤 길게 적긴 했지만 요약하면 말을 건 남자가 상당히 내 타입이었다는 소리다.

네. 아무렴요. 없어도 있어야죠. 남자를 따라 카페로 들어가던 나는 벌렁거리는 콧구멍을 진정시키려 애썼고 마음속으로는 일렉트로니카를 믹스한 올드 스쿨 힙합을 틀고 스텝을 밟았다. 사이키 조명이 빙글빙글 돌며 생애 첫 헌팅을 자축했다. MC가 외쳤다. 어제의 서큘을 이기는 건 오늘의 서큘! 헌팅의 불모지 인생에 첫 깃발을 꽂아! 헌팅이란 은반 위를 나는 프리스케이팅!

"네?"

"커피요. 드세요."

남자가 권하는 커피를 들어 올리며 의식적으로 눈웃음을 쳤다. 호록호록 마시면서 틈틈이 상대를 힐끗대는 것도 잊지 않았다. 얼굴이 갸름하고 마른 편에 키가 컸다. 쑥스러운 듯 눈을 잘 못 마주치는 것도 순수해 보여 마음에 들었다. 그럼 오늘 얘기 좀 나누다가 번호 교환하고, 몇 번 만나 보고 나쁘지 않으면 사귀지 뭐. 그러다 진짜 괜찮다 싶으면 결혼할 수도 있는 거고. 결혼식은 생략하거나 가족들끼리 식사만 하면 좋겠는데. 신혼여행은 몰타나 마요르카로…… 나는 섬이 좋아, 여보…….

그러다가 공부 이야기가 나온 것은 30분 정도 시간이 흐른 뒤였다. 남자는 자신이 도를 공부하고 있으며 나에게서 남다른 기운이 느껴진다고 했다. 잔뜩 끌어당겨 놨던 입꼬리가 바들바들 떨렸다. 조그맣게 "△발"을 읊조리며 자리에서 일어났다. 길거리 포교를 많이 해 보지 않은 초보여서 그런지, 요즘 트렌드가 꽤 쿨해진 건지 남자는 나를 잡지 않았다. 착하게 생겨서 안 좋은 점 중에 대표적인 것은 길거리 포교자가 정말로 엄청나게 꼬인다는 점이다. 서울의 강남대로나 홍대 거리로 치면 10미터당 1팀은 붙는다. 이를 수치로 표현하면 나의 길거리 포교 매력도는 0.1fanatic/m. "이게 다 착하게 생겨서 그래." 엄마한테 전화해서 DNA에 대해 공식 항의를 하려다가 아빠 닮은 거라고 할 게 뻔해서 관뒀다.

조금 쓸쓸한 건 그때 심리학 코너에서 내가 들고 있던 책이 『나는 왜 나를 사랑하지 못할까』였다는 점이다. 남자는 그 제목을 보고 나를 타깃으로 삼았을까. 누군가의 약하고 여린 마음을 노리는 나쁜 사람들이 너무나도 많다. 이래서 내가 얼굴처럼 착하게 살고 싶어도 그럴 수가 없다.

착한 얼굴 형질

착한 얼굴로 태어나게 되는 유전 형질. 염색체 4번과 9번에 별다른 특이 사항이 없는 사람 중 일부에게서 발현된다. 이 유전형이 표현된 사람은 약 49.975퍼센트의 확률로 여성이다. 유전학자들은 착한 얼굴 형질이 인간의 진화 과정에서 어떤 역할을 담당했는지 오랜 시간 연구해 왔고, 계속 연구 중이다.

착하게 생겨서 장점도 많다

착하게 생긴 얼굴은 눈썹으로 보완한다

거짓말할 때 상대가 잘 속는다

다른 팀과 회의 있는 날

뒤통수칠 때 상대가 잘 믿는다

경쟁업체 참석하는 콘퍼런스 가는 날

사기 칠 때 상대가

변호사를 선임할 권리 있고요

우리 부서를 싫어하는 전무님께 보고

눈썹이 하늘까지 닿겠네 ♪

이제 땀이
무릎에서 난다

　편지로 이별을 고하는 연인은 좀 너무하다는 생각이 든다. 장식 없는 흰 편지지에 또박또박 예쁘기도 한 글씨체로 나를 버릴 수밖에 없는 이유들이 빼곡히 적혀 있었다. 그 어투는 못내 다정하고 또 다정했다. 끝까지 좋은 사람이고 싶어 하는 이기심이 거대했다. 어이가 없어 헛웃음이 나왔다. 그럼에도 불구하고 아직 내가 너를 사랑한다는 것이 최악이었다.

　오, 감성 돋네. 방금 내가 쓴 글의 맨 첫 줄부터 '최악이었다'

까지 인스타그램에 올리고 '#감성 #감성시 #연인 #사랑 #좋은글 #이별' 해시태그를 달면 하트가 꽤나 짭짤하겠어. 내 텅 빈 피드와 날로 줄어드는 팔로우를 떠올리며 정말 올릴까 말까 고민하고 있는 사이 편지지가 금세 쭈글쭈글해졌다. 눈물 같은 것 때문이 아니고 땀 때문이었다. 나는 손에 다한증이 있다.

땀 때문에 네 손을 잡기가 부끄러운 때가 있었다. 네가 내민 손을 보고도 바지춤에 몇 번이나 손바닥을 문지르기만 하던 때가 있었다. 자꾸만 손을 피하는 나를 보고 너는 웃었다. 결국 그날 어땠었지? 너의 웃음이 엄청 예뻤단 사실 말고는 잘 떠오르지 않네. 아마 새끼손가락을 걸머쥔 채로 함께 걸었던가. 아, 명륜동이었다.

여름이면 늘 손바닥에 땀이 흥건했다. 버스에 올라 손잡이를 잡는 게 고역이었다. 잠시만 붙잡아도 땀과 먼지가 섞여 손잡이 표면에 땟국물이 어룽졌다. 그날따라 휴지도 손수건도 없어서 차마 손잡이를 잡지 못하고 이리저리 흔들리는 나에게 너는 어깨를 내밀었다. 너의 올곧은 뼈와 촘촘한 근육을 움켜쥐고 다섯 정거장을 갔다. 세상에 마치 둘밖에 없는 것 같은 환상에 젖어 네 어깨에 코를 박았다.

그리고 이제는 네 어깨를 적셨던 내 땀으로 너의 이별 편지를 울퉁불퉁하게 부풀린다. 나는 당장 이 종이를 갈가리 찢어 버리고 싶은 성질머리와 고이 접어 가슴에 품고 싶은 지고지순함을 저울질했다. 한 1년쯤 후에는 재활용 쓰레기통에 들어갈 종이 쪼가리가 될 줄 알면서도, 나는 지금 땀에 젖어 가는 너의 이 편지가 따갑고 아려서 뒈질 지경이다.

결국 이도저도 하지 못하고 편지를 접어 아무렇게나 가방에 넣었다. 세상 가장 무거운 가방을 오른편 어깨에 메고 비틀거리며 걸었다. 가방끈을 고쳐 메는 손에 땀이 흥건해서, 추슬러도 추슬러도 미끄러지는 것이 가방인지 마음인지 모른 채 끈적이는 손만 탓했다.

나라고 다한증 치료를 생각해 본 적이 없었겠나. 근데 치료 후에 손에서 땀이 안 나게 되면 땀샘이 다른 곳에서 발달한다는 소문을 들었다. 겨드랑이 땀샘을 태웠더니 이제 무릎에서 땀이 나온다던 어느 연예인의 에피소드를 생각했다. 지금 눈에서 배어 나오는 이 눈물이 무릎에서 나온다면 얼마나 우스울까.

슬픔

인간 피부에 서식하는 식물종. 고사리속 양치류에 속한다. 눈물을 자양분 삼아 비관을 광합성하며 자란다. 이별, 실패 등의 위기 발생 시 이파리 뒷면의 포자낭이 터지면서 번식한다.

안녕

실연 앤 라이프 밸런스

상술인 줄 아는데도
넘어간다

성숙미~1+1

이거입고썸타

나도 모르게 포털사이트의 옷 광고에 눈을 빼앗기고 말았다. 측정하기 어려운 성숙미라는 주관적 가치를 무려 원 플러스 원으로 제공한다는 파격적인 조건에 충격을 받은 것일까? 아니면 단어 사이에 뜬금없이 섞인 물결 기호가 주는 묘한 리

듬감과, 띄어쓰기를 용납하지 않는 단호한 전위성에 사로잡힌 것일까?

판매하는 옷은 진주 장식이 달린 흰색 니트였다. 저 옷만 입으면 내 영혼의 짝이 짐바브웨나 투르크메니스탄에 있더라도 당장 꼬실 수 있을 것만 같았다. 일하던 중이었기 망정이지 바로 결제할 뻔했다.

누군가에게 딱히 얘기할 거리가 못 돼서 평소 혼자만 생각한 건데 난 국내 포털사이트에 다세대주택의 창문처럼 늘어서 있는 쇼핑몰 광고들이 좋다. 16글자 남짓 들어가는 좁은 자리에 어떻게든 끼워 넣은 저 노골적인 돈의 언어가 부끄럽고 귀엽다. 특히 내 속물근성을 살살 긁으며 손가락을 드릉드릉하게 만드는 이런 문구를 아주 좋아한다.

브랜드그이상
원단보면놀랄걸

백화점 가지마
후회없는 가성비

무릇 브랜드와 백화점이란 무엇인가. 돈 1만 원에 쩔쩔매던 학창 시절과 대학생 때는 꿈도 못 꾸던 곳이다. 그나마 직장인이 되고 나서 가끔 구경은 하지만 가격 앞에 지갑을 쉽사리 열지 못하는, 소비의 꽃, 지름계의 고척 돔 경기장이 아닌가. 그럼 나는 브랜드를 능가하고 백화점으로 향하는 발길을 끊게 하는 이 엄청난 물건의 정체를 파악하고 싶어 검지를 움찔거리곤 하는 것이다.

보통은 남의 마음 따위 별로 관심 없지만 광고를 집행하는 쇼핑몰 운영자의 마음을 생각해 보는 일은 종종 즐겁다. 포털사이트에 제품을 노출하는 광고비는 결코 적지 않을 것이다. 비용 대비 최대 효과를 노리며 한 번이라도 더 눈길을 끌 수 있는 새콤달콤한 언어를 쥐어짜는 그들의 머릿속을 상상해 본다. 맞춤법이니 띄어쓰기니 비문이니 하는 것은 중요치 않다. 보는 사람도 미처 깨닫지 못했던 내밀한 욕망을 벅벅 긁어내야 간편결제의 로딩 화면이라도 선보일 수 있다.

선넘는 내뱃살

오늘하루 2+1

누군가는 노골적이라며 혀를 차겠지만 이 상술의 문장들이 좋은 이유는 어쩌면 소속감 때문일지도 모른다. 이 단어들은 나의 욕망과 닮았다. 닮아서 재미있고 짠하고 눈이 간다.

돌이켜 보면 한때 이런 말들을 무시하던 시기가 있었다. 멋지고 중요해 보이는 단어를 좇았다. 사유, 현존, 주체, 타자, 탈주, 생활세계, 시니피앙, 아브젝시옹⋯⋯. 마치 이 단어들이 나를 성숙한 인간으로 만들어 줄 것 같았다. 고귀한 인간이 될 수 있을 것 같았다.

어리석게도 아득한 착각의 결말은 고립이었다. 내가 쓰는 말들로부터 소외당했다. 납작 짓눌려서 악몽을 꿔도 곁에서 등을 다독여 주는 단어는 없었다. 견딜 수 없이 외롭고 외로워서 대학원에서 도망 나왔다.

이사를 준비하면서 책을 정리했다. 책장 구석에 토템처럼 웅크리고 있던 전공책들을 모조리 꺼냈다. 거의 모든 페이지에 줄이 그어져 있고 메모도 잔뜩이라 중고로 팔 수도 없었다. 무슨 미련이 남았는지 지난 두 번의 이사 동안 싸들고 다녔다. 세 번은 아닌 것 같다. 폐지로 내놓고 돌아오니 이가 빠진 것처럼 커다란 책장이 군데군데 볼품없이 휑했다. 그리고,

캣타워책장25%↓

주인님도나도만족

　정신을 차려 보니 홀린 듯이 캣 타워 결합형 책장을 장바구니에 담고 있었다. 지금 당장 할인 가격에 결제할지 아니면 이사 후에 구매할지만 결정하면 됐다. 옆자리 있던 레깅스 광고가 빼꼼 고개를 내밀고 참견했다.

지금아니면 안돼!

놓치면~후회할걸

나는 대꾸했다.

+완/전/납/득+

텍마머니해~~

적어도 이 문장들은 내 옆에 있어 준다. 내게 돈이 있는 한.

탕진잼

딸기잼, 노잼과 더불어 세계 3대 잼에 속한다. 환각 물질이 들어 있어 이 돈만 쓰면 행복해지고 특별해질 거라는 일시적인 착란 상태에 빠진다. 대개 배송과 함께 정신 차리게 되나 간혹 카드 명세서가 나올 때까지 약 기운이 가시지 않는 체질이 있어 각별한 주의를 요한다.

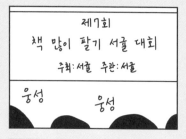

맞네 맞네

맞네 맞네

드라마의 마지막 회는
보고 싶지 않다

모집 공고

서귤 작가가 아래의 특징 및 능력을 가지고 있는 사람들의 모임을 개최합니다. 내용을 자세히 읽고 본인이 해당된다면 손을 번쩍 들어 주시기 바랍니다.

공고 1   드라마의 마지막 회를 보지 않는 사람들의 모임 너무나도 좋아하는 드라마의 마지막 회를 일부러 안 보는 사람들의 모임입니다. 깜빡해서 못 본 경우라면 죄송하지만 참석하실 수 없습니다. 온갖 포털사이트와 소셜미디어에서 결말과 관련된 이야기로 떠들썩한 와중에도 의도적으로 눈의 초점을 풀어 스포일러를 피하는 사람이라면 더욱 환영합니다. 드라마뿐만 아니라 소설, 만화, 예능 등 그 어느 장르도 좋습니다.

아마 우리는 드라마 속 캐릭터에게 너무 정이 들어 버린 나머지 이야기의 끝을 거부하는 사람들일 것입니다. 우리가 안 본다고 해서 그 드라마가 끝나지 않는 것도 아닌데 말입니다. 어찌 됐든 우리는 내 눈으로 결말을 보지 않았으니 끝이 아니라며 어디선가 주인공들이 웃고 울며 살아 숨 쉬고 있을 거라고 믿는 사람일 것입니다. 허구에 이토록 탐닉하는 우리를 '과몰입'이라고 비웃는 세력에 맞서 목소리를 냅시다. 이미 우리는 허구와 진실을 구분할 수 없는 세상에 살고 있으니까요.

공고 2   로봇 청소기 커뮤니케이터 양성 모임

'과학 커뮤니케이터'나 '애니멀 커뮤니케이터'라는 말은 들

어 보셨을 겁니다. 마찬가지로 '로봇 청소기 커뮤니케이터'는 말 그대로 로봇 청소기와 원활한 커뮤니케이션을 하는 전문가를 말합니다.

현재 이 재능을 가진 많은 사람들이 집에서 로봇 청소기와 대화를 나누고 있습니다. 바닥을 쓸고 있는 로봇 청소기에게 "열심히 해라"라고 격려를 해 봤거나 높은 문턱에 걸려 버둥대는 로봇 청소기에게 "쯧쯧. 너 또 이러니?" 하고 핀잔을 줘 본 적이 있습니까? 그렇다면 지원하십시오. 본 모임은 각자의 집에서 주먹구구식으로 이루어지던 로봇 청소기 커뮤니케이션을 체계화하여 전문 인력을 양성하는 데에 목표를 두고 있습니다.

어떻게 해야 퇴근 후 나를 맞아 주는 로봇 청소기와 더 친밀한 관계를 유지할 수 있을까요? 왜 어제는 쌩쌩했던 로봇 청소기가 오늘은 머리카락을 토해 낼까요? 이 모든 궁금증을 해결할 수 있는 유일한 방법은 커뮤니케이션입니다. 검증된 강사와 정교한 커리큘럼을 통해 보다 전문적인 로봇 청소기 커뮤니케이터로 거듭나실 수 있습니다. 로봇 청소기 외에 인공지능 스피커, 스마트폰, 밥솥, 자동차 커뮤니케이터 과정은 현재 준비 중에 있으니 모집 공고를 기다려 주십시오.

　　　이름이 개 같은 반려인들의 모임

이름이 개와 비슷한 반려인들을 모집합니다. 김미미, 박초코, 정몽실, 최쿠키 등의 이름도 좋으나 성을 포함한 이름이 미미, 초코, 몽실, 쿠키와 같이 개 같으면 더욱 환영합니다. 고양이, 새, 햄스터, 기니피그, 토끼, 돼지, 이구아나 등 개 외의 다른 반려동물에게도 활짝 열려 있습니다.

동물 병원을 찾았을 때 수의사가 당신과 반려동물의 이름을 바꿔 부른 적이 있습니까? "구름이 보호자님, 진료실로 들어오세요"라는 말을 들었는데 사실 당신은 성이 '구'에 이름이 '름'입니까? 이 모든 진실에도 불구하고 수의사 선생님이 민망할까 봐 사실을 털어놓지 못하고 "우리 구름이 항문이 지저분하네요~", "우리 구름이 곧 발정기 올 것 같은데요~" 같은 말을 들으며 조용히 고개를 끄덕였습니까?

이제 고민을 마음속에만 담아 두지 마시고 이 모임에 오셔서 함께 나눠요. 사실 우리는 동물과 인간의 경계를 없애고 진정한 생명 합일인 개아일체, 냥아일체 사상을 실천할 누구보다도 선택된 사람들입니다.

단, 모임에 반려동물 동행이 어려운 점은 양해 바랍니다. 동행이 상대적으로 쉽지 않은 새나 고양이 반려인들이 자꾸

부럽다며 투정을 부려서요.

　이상, 위의 특징에 해당하는 독자 분들 중 모임에 참여하고 싶은 분이 계시면 손을 번쩍 들어 본인의 정수리를 쓰담쓰담한 뒤 이 책을 더 사서 주변에 선물해 주시기 바랍니다. 철없이 다정한 당신의 마음을 세상에 나눠 주세요. 지구 정복의 그날까지 모임은 계속됩니다.

SSN협회

세계쓸데없는능력(Segyae Sseulttae-upneun Neunryuck)협회
는 각종 쓸데없는 능력 및 특질을 소유한 사람들의 모임을 주관
하며 관련 증명을 발급하는 NGO단체다.

이 단체의 대표적인 모임으로는 '눈 뜨고 자는 사람들의 모임',
'발톱을 부러뜨리지 않고 초승달 모양으로 아름답게 자르는 사
람들의 모임', '냉장고를 세탁기라고 말하고 세탁기를 냉장고라
고 말하는 사람들의 모임' 등이 있다.

홈페이지 www.ilove_seogyul.gom에 접속하면 모임 리스트와
가입 요강을 확인할 수 있다.

능력자는 의외로 주변에 있다

서귤은 자신의 아버지에게 엄청난 능력이 있다는 걸 알아차렸다

다른 능력도 있다

와 진짜 맛있다!

뭘

이정도로

??

으쓱

으쓱

엄마에게 한 칭찬 인터셉트

아유 귀여워라~ 이름이 뭐니~?

위잉

뽀오옹

방귀보다 빨리 창문 열기

몽실이요오~

강아지 빙의술

흐린 눈으로 모르는 척

불허한다 내 사람이다

박보검 필모그래피 독파하기

하지만 박보검 팬은 아니라고 한다

253

38

휴지에게
상해를 입었다

판결서

사건	20××키득0812 업무상과실치사상죄
피고	휴지
주거	서울메트로 교대역 여자화장실 05번
조문	피고는 무죄이며, 원고의 청구를 기각한다.
이유	피고는 서울메트로 2호선 지하철 화장실에 비치

된 휴지로서 시민들의 편의를 도모할 의무가 있다. 그러나 원고 서귤이 주장한 업무상과실치사상죄의 혐의는 피고가 책임 져야 하는 시민들의 편의 범위를 벗어난 것으로 판단하여 무죄를 선고한다.

사건 전날, 원고 서귤은 짝사랑 상대에게 고백을 한 뒤 차였다. 사건 당일, 퉁퉁 부은 눈으로 시간을 확인해 보니 오전 9시였다. 금요일에 차이고 밤을 샜으니 토요일 아침이었고, 문득 치과 예약이 생각났다고 한다. 가장 가까운 지하철역인 교대역까지 걸어서 10분 정도였다. 습관처럼 이어폰을 낀 게 발단이었다. 서귤은 차인 다음 날 함부로 노래를 들으면 안된다는 상식을 유념하지 못했다. 이어폰에서 어제 듣던 노래, 프롬의 〈낮달〉이 흘러나왔다. 그 사람을 만나러 가며 떨리는 마음으로 듣던 노래였다.

우리 언젠가 따뜻한 집 살자.

우리 언젠가 예쁜 그릇을 사자.

무슨 버튼이라도 눌린 것처럼 눈물이 나오기 시작했다. 서귤은 자기 자신이 불쌍했다. 이 노래를 들으며 그와의 미래를 꿈꿨던 어제의 내가 비참했다고 진술했다. 그런데 눈물뿐만 아니라 콧물이 같이 흘러서, 그것도 죽죽 늘어지는 맑은 콧물이라 마시는 것도 한계여서 지하철 화장실로 뛰었다. 그리고 휴지를 뜯었다.

여기서 사건이 발생한다. 코를 풀고 눈물을 닦는데 갑자기 눈을 뜰 수가 없었다. 피고 휴지가 눈물에 젖어서 찢어진 채 원고 서귤의 눈알에 붙어 버렸기 때문이다.

증인1인 서울메트로 청소 용역 제공자 김순영은 바닥 청소를 하러 들어간 화장실에서 끙끙대는 신음 소리를 들었다. 그리고 05번 칸에서 콧물과 눈물로 엉망이 된 서귤이 양팔을 허우적대며 나오는 모습을 목격했다.

서귤에 의하면 휴지가 들어간 건 오른쪽 눈인데 이상하게도 양쪽 눈을 다 뜰 수 없었다고 한다. 앞을 볼 수 없으니 무서웠단다. 벽을 더듬더듬 짚으며 화장실에서 나와 소리쳤다.

"저 좀 도와주세요!"

다시 한번 외쳤다.

"살려 주세요!"

김순영이 서귤을 역무실로 데려다주었다. 서귤은 휴지로 인해 상해를 입은 자신의 사정을 설명하고 역무원에게 119를 불러 달라고 했다.

도착한 구급대원들은 서귤을 눕히고 눈에 가느다란 호스

를 댔다. 호스에서 나온 물이 눈물, 콧물과 섞여 얼굴을 뒤덮었다. 구급대원은 눈을 뜨라고, 눈을 떠야 휴지가 나온다고 소리쳤지만 서귤은 안 떠진다고, 아파 죽겠다고 고함을 질러 댔다. 증인2 역무원 정서준은 그때의 몇 분이 마치 몇 시간처럼 느껴졌다고 했다. 서귤은 눈을 억지로 까뒤집으며 엉엉 울었다.

가까스로 피고가 원고로부터, 그러니까 휴지가 서귤의 눈으로부터 떨어져 나왔다. 서귤은 역무원과 구급대원과 청소용역 제공자에게 고맙다는 인사를 하고 안과에 가서 필요한 처치를 받았다. 그리고 분에 못 이겨 피고 휴지에게 소를 청구했다. 그러나 휴지의 업무 범위는 용변을 보고 난 시민들의 뒤처리까지지, 실연으로 발생한 눈물을 닦아 주는 것이 아니다. 이 사건은 서귤이 휴지의 쓰임을 자의적으로 해석하여 부주의하게 사용했기에 발생한 것이다. 그러므로 원고 서귤이 제기한 업무상과실치사상죄의 소에 대하여 피고 휴지는 무죄다.

재판관   크리넥스

사건 번호 0812(서귤_생일)

서울에 거주하는 30대 여성이 지하철 화장실 휴지를 업무상과
실치사상죄로 고소한 사건. 대한민국 법정사에 길이 남을 중요
한 재판으로 꼽힌다. 휴지에게 무죄를 선고한 이 판결은 2017년
EU의회가 로봇에 '전자 인간'이라는 법적 지위를 부여하는 결의
안을 통과시킴으로써 인간의 범위를 확장한 데에 이어, 인간을
넘어선 무생물의 법적 지위를 인정한 최초의 판결로 평가된다.
세계사적 의의와는 별개로, 재판관 크리넥스가 피고인인 휴지와
사돈의 8촌 관계라는 사실이 드러나 공정성 시비가 일기도 했다.

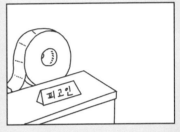

갑론을박

개봉박두

서울이
모스크바보다 춥다

사귀고 처음 맞는 겨울이었다. 크리스마스가 다가올수록 우리는 다급해졌다. 데이트하고 섹스하라고 정해진 날도 아닌데 어떻게든 그날을 로맨틱하게 보내지 않으면 큰일 날 것만 같았다.

그렇게 숙박 앱을 들락날락하며 어마어마한 요금과 이미 꽉 차 버린 예약 상황만 확인하고 있을 때 애인이 희소식을 전했다. 부모님이 크리스마스이브에 여행을 가셔서 집이 빈

단다. 그 순간의 안도감이란. 이번 크리스마스는 그럭저럭 잘 넘기겠구나 싶어 가슴을 쓸어내렸다. 쓸어내렸는데.

저녁거리와 디저트를 포장해 와서 먹어 치우고 막 와인을 마시며 분위기를 잡아 보려고 할 때, 그의 어머니로부터 연락이 왔다. 여행이 취소돼서 집으로 가는 중인데 저녁 안 먹었으면 현재 아파트 상가를 지나고 있으니 치킨을 사 가겠다는 전화였다. 우리는 입을 떡 벌리고 서로를 마주보았다. 눈빛이 진도 7의 세기로 흔들렸다.

이 순간 내가 취해야 할 태도로 올바른 것을 고르시오.

1. 이 기회에 서로 알고 지낸다.

언젠가 갔던 피부과의 한 실장님은 내 피부 두께가 동양인 여성의 평균을 훌쩍 넘어선다며 레이저를 얼마든지 받아도 멀쩡할 거라고 부러워했다. 의학적으로 공증된 두꺼운 피부의 장점을 살려 생글생글 웃어 보인다. 사귀는 사이인데 마침 집이 비었다기에 잽싸게 들어와 놀고 있었다며 자기소개를 한다. 즐겁게 다 같이 치킨을 먹는다.

2. 부모님을 다시 여행 보내 드린다.

땡처리 항공 앱과 숙박 앱을 총동원하여 지금 당장 떠날 수 있는 플랜을 짠다. 텔아비브 야파나 시우다드후아레스처럼 한국인에게는 다소 낯선 여행지도 가능만 하다면 서슴지 않는다. 총기 사용이 빈번한 장소에 가실 경우에 안전을 특히 당부드린다.

3. 신발을 들고 방에 숨는다.

옷장이나 이불 같은 데 들어가서 부모님이 나가시거나 잠들 때까지 버틴다. 와인을 퍽 많이 마셨기 때문에 화장실이 가고 싶어질 수 있다. 요강이 있는지 찾아본다.

4. 튄다.

춥다.

아파트 11층과 10층 사이의 계단에 쭈그리고 앉았다. 패딩을 껴입었지만 엉덩이에서부터 시멘트의 한기가 올라왔다. 알코올 때문인지 머리도 지끈지끈했다. 난간에 몸을 기대며 관자놀이를 꾹꾹 눌렀다. 이상하다. 분명 아까까지만 해도 따뜻한 집이었잖아.

수 초간의 눈빛 교환 끝에 나는 얼굴이 누렇게 질려 신발을 꿰어 찼고 그가 내 겉옷을 들려 줬다. 물을 것도 없이 답은 4번이었다. 생각해 보면 부모님이 굳이굳이 들어오기 전에 전화를 한 것도 집에 사람을 끌어들였다면 서로 민망하지 않게 알아서 상황을 정리하라는 신호였으리라. 엘리베이터를 타고 가려다가 애인 부모님과 마주칠까 봐 계단으로 몸을 숨겼다. 후다닥 빠져나가는 나에게 애인은 말했다.

"조금만 기다리고 있어. 곧 나갈게."

아무 알람이 없는 스마트폰을 의미 없이 두드리다가 자리에서 일어났다. 터덜터덜 계단을 마저 걸으며 아파트를 빠져나왔다. 북한산 자락에 지어진 아파트라 현관을 나서자마자 바람이 무섭게 불어닥쳤다. 주머니에 손을 넣고 목을 움츠렸다. 그때 깨달았다. 목도리랑 장갑을 두고 왔구나.

나는 오늘이 영화 〈러브 액추얼리〉처럼 로맨틱할 줄 알았다. 정말로, 김애란 소설의 『성탄특선』이 될 줄은……. 이 작품은 크리스마스이브에 숙박업소를 찾아 헤매는 연인이 나오는 소설이다. 아니지. 걔네는 그래도 둘이서 다녔잖아. 나는 혼자다. 산비탈에 있는 버스 정류장에서 덜덜 떨며 발끝을 딱딱 마주쳤다. 서울이 모스크바보다 춥다는 날이었다. 아직도 애인에게서는 연락이 없었다.

깎아지른 경사로를 걸어 내려갔다. 우뚝 선 아파트 사이마다 재개발 이전의 판잣집들이 이끼처럼 땅에 붙어 있었다. 시야 아래에는 화려한 미아동의 불빛이 반짝였다.

영화 속 주인공이 되었다고 상상했다. 크리스마스이브에
도 바쁘게 아르바이트를 한 주인공이, 집으로 가는 도중 이곳
에 서서 반짝이는 서울을 바라보는 것이다. 마치 자신을 위해
준비된 거대한 크리스마스트리 같다고 느끼며.

나의 상상력은 빈약했고, 서울의 야경을 바라보며 감상에
젖기에는 바람이 너무 매서웠다. 달달 떨리는 이를 악물고 생
각했다. 먼 훗날에는 오늘 일도 추억이 되겠지. 그때 얼마나
추웠는지 아냐며 타박하고 타박 받으면서. 화기애애하게 웃
는 나이든 우리를 상상하며 곱아든 손가락을 말아 쥐었다.

많은 사람들이 그렇듯 나도 사랑을 할 때마다 죽음이 서로
를 겨우 갈라놓는 시나리오를 짓는다. 하지만 우리가 이날의
망한 크리스마스를 아름답게 추억하는 장면은 끝내 촬영할
수 없었다.

크리스마스의 저주

크리스마스를 함께 보내지 못한 연인은 다음 해에 반드시 헤어
지거나 헤어지지 않는다는 저주. 영국에서 최초로 시작됐다. 이
저주에서 벗어나려면 따봉서귤의 축복을 받아야 한다.

20살 상경 이후 느낀
서울의 겨울 특징

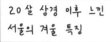

크리스마스가 설레는 이유는 뭘까

눈이 엄청나게 빨리 사라진다

눈!

… 처럼 보이는
염화칼슘!

산타

붕어빵이 아주 달다

서울 사람
단맛
많이 많이
좋아해요

선물. 캐럴. 트리. 파티

구에 따라 일루미네이션 차이가 크다

세금 파워

한 해의 마지막 공휴일

캔따   츄르

12시 기상
개꿀ㅋ

공휴일 파워

내 이름이 헷갈린다

주머니 사정이 넉넉지 않았던 대학생 때는 자취하면서 과일을 먹는 게 쉽지 않았다. 어느 여름에 큰맘 먹고 한 망에 8개들이 귤을 구매한 적이 있었다. 그리고 정말 바다와 같은 사랑으로 당시 사귀던 사람에게 2개를 줬다. 그런데 세상에나, 나는 한 조각 한 조각씩 살살 뜯어서 음미하고 있는데 옆에서 그 소중한 귤을 통으로 삼켜 버리는 게 아닌가. 화가 나서 입이 쩍 벌어졌다. 그 귀하다는 여름 귤이었다. 그날 대판

싸웠다. 그가 귤이 좋냐 내가 좋냐고 물었는데 어이가 없어서 대답을 못 했더니 며칠 후에 난 귤 때문에 애인을 찬 또라이가 되어 있었다. 반쯤 진실이라서 할 말이 없었다. 하필 같은 과 CC였다.

취직을 하고 스스로 돈을 벌면서 생긴 행복한 일 중에 단연 으뜸은 귤을 마음껏 사 먹을 수 있다는 점이다. 겨울에는 늘 냉장고에 귤이 떨어지지 않도록 세심한 주의를 기울인다. 배송 기간과 내가 먹는 속도를 고려했을 때 귤이 15개 이하로 떨어졌을 때 주문하면 난감할 일이 없다. 물론 나에게는 새벽 배송이라는 치트 키도 있다.

독립출판으로 첫 책을 내면서 필명을 고민하던 때였다. 생각만 해도 나를 행복하게 해 주는 것들에 성 씨를 갖다 붙였다. 서고양이, 서이불, 서전기장판, 서늦잠, 서토요일아침, 서만화책…… 그리고 서귤.

감사합니다.

서귤 드림

월요일 아침, 회사에서 메일을 쓰며 무심결에 서귤이라는 이름을 적었다가 퍼뜩 놀라 지웠다. 전송 버튼을 누르려고 했던 게 생각나 가슴이 콩닥거렸다. 본명으로 이름을 고치고 무사히 메일을 보냈다.

서귤은 마치 아기 같다. 보이지도 않는 수정체였던 게 엊그제 같은데 점점 커지더니 내 인생의 반을 점유해 버렸다. 그게 좋아서 나머지 절반도 넘겨주려고 했지만 그가 거절했다. 너는 네 땅에서 돈을 캐내렴. 나는 이 땅에서 꿈을 키울게. 고개를 끄덕였다. 나는 노동이라는 지루한 트랙터를 몰고 서귤은 희망이라는 잔인한 분무기를 휘두른다. 우리는 종종 허리를 펴고 마주보며 웃는다.

"……귤?"

"네?"

"서 대리 안 바쁘면 귤 먹으라고요."

처가댁이 제주도에 계신데 너무 많이 보내 주셨다며 동료가 회사에서 귤을 풀었다. 하나를 집어 냉큼 껍질을 벗겼다. 침이 고인다. 입안에서 상큼한 귤 과육이 터진다. 생각만 해도 나를 행복하게 해 주는, 귤의 맛이다.

서귤

작가. 아이큐 600에 세계 싸움 서열 0위라는 소문이 있으나 확인된 바 없다. 매일 인터넷에 자기 이름을 검색해서 좋은 말을 보면 인디언 스텝을 밟고, 나쁜 말을 보면 하루 종일 구시렁거린다는 소문이 있는데, 확인됐다. 인기와 판매량에 연연하고 돈을 좋아하며 멋진 활동을 하는 창작자에게 질투가 심하다. 가끔 재미있는 작품을 내놓는다. 어떤 한 사람의 꿈이고 세로토닌이자 행복을 위한 세포호흡으로 알려져 있다.

어느날 서울 모처의 정신과 진료실

처음엔 작가 활동이 마냥 행복했는데

'좋은 작가가 될 수도 있고 안 될 수도 있다'

지금은 잘하고 싶은 마음에 스트레스가 커졌어요

여태 나는 '더 좋은 작가가 되어야 해!' 하고 자신을 다그치거나

더! 더! 더!

꽥

저는 서■씨가 계속 작품을 쓰면 좋겠어요

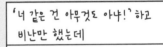

'너 같은 건 아무것도 아냐!' 하고 비난만 했는데

에잇

서■씨가 더 좋은 작가가 될 수도 있고 안 될 수도 있죠

그렇구나

그래. 나는

더 좋은 작가가 될 수도 있고 안 될 수도 있지.

안 되도 뭐 큰일 나는 것도 없고

인생은
엇나가야
제맛

1판 1쇄 인쇄 2021년 6월 16일
1판 1쇄 발행 2021년 6월 24일

지은이 서귤

발행인 양원석 **편집장** 정효진 **책임편집** 문예지
디자인 신자용, 김미선 **영업마케팅** 양정길, 강효경, 김보미

펴낸 곳 ㈜알에이치코리아
주소 서울시 금천구 가산디지털2로 53, 20층 (가산동, 한라시그마밸리)
편집문의 02-6443-8843　**도서문의** 02-6443-8800
홈페이지 http://rhk.co.kr
등록 2004년 1월 15일 제2-3726호

ISBN 978-89-255-8839-1 (03810)